新編
學生成語手冊

（修訂本）

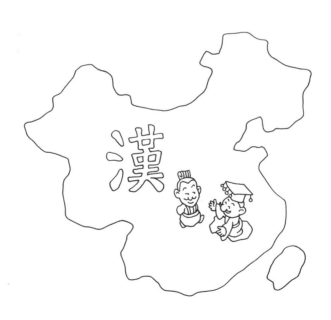

馬立群編著　莊澤義校訂

萬里機構·明華出版公司出版

使用説明

一、 本手冊收錄常用成語一千四百個，釋義簡明、精當，造句準確、
規範，適合初中學生以及小學高年級學生使用。

二、 本手冊的成語以筆畫為序編排，同一筆畫者，則依部首的先後
次序排列。如「世態炎涼」與「仗義執言」，其第一個字同是
五畫，但是「世」屬一部，「仗」屬人部，故「世態炎涼」排
列在前，「仗義執言」居後。

三、 本手冊的 原 ，指成語的原型，即是成語在最初定型時的寫法。
异 ，指成語的異體，即是成語的另一種寫法。

近 ，指意思相近的成語，即是同義成語。

反 ，指反義成語。

四、 書後另附最有名的成語故事四十則，它們既是對成語來源的補
充解釋，又是學生很好的學習輔助材料。

五、 書裏編有十五個練習，並附答案，供學生自我測驗，以複習、
鞏固所學得的成語。

目　錄

詞條索引

【六畫】

【一畫】

一刀兩斷

斷絕任何關係的意思。

例：你既然這麼不顧情義，那我只有和你一刀兩斷了。

近 割席分坐

反 藕斷絲連、形影不離

一孔之見

比喻片面見解。常作謙詞。

例：我所說的只是一孔之見，供你參考。

近 孤陋寡聞 反 博洽多聞

一心一意

專心於某事。

例：只要我們一心一意，全力以赴，任何艱巨的任務都可以完成。

近 全心全意 反 三心兩意

一日千里

形容發展十分迅速。

例：香港的建築事業發展迅速，大有一日千里之勢。

近 突飛猛進 反 一落千丈

一日三秋

形容思念殷切。

例：妹妹到美國去了，我很想念她，真有一日三秋之感。

近 朝思暮想 反 漠不關心

一毛不拔

比喻十分吝嗇自私。

例：像他這種一毛不拔的吝嗇鬼，你怎可指望他會慷慨解囊呢？

近 視財如命

反 慷慨解囊、樂善好施

一丘之貉

比喻同是卑劣的壞人。

例：這兩幫人馬最近為了爭奪地盤，大打出手，真是一丘之貉。

近 狐羣狗黨

一本正經

形容態度莊重、嚴肅。

例：小弟弟才兩歲，卻一本正經地捧着報紙看，惹得大家哈哈大笑。

近 道貌岸然

一目瞭然

一望而知的意思。

例：從樓上俯瞰，廣場上的情景一目瞭然。

近 一覽無餘

一帆風順

做事順利，沒有遇到一點波折。

例：近十年來他在事業上可以說是一
帆風順，令人羨慕。

又 一帆順風　　反 一波三折

一成不變

死守舊法，不思變革。

例：如果我們一味固守舊法，一成不
變，就會被時代所淘汰。

近 墨守成規　　反 千變萬化

一言九鼎

比喻言辭極有份量。

例：王老先生德高望重，一言九鼎，
只要他說一句，什麼都能辦到。

反 人微言輕

一言難盡

兩三句話，無法把事情說清楚。

例：他的坎坷遭遇，提起來真是一言
難盡啊！

反 言簡意賅、言以蔽之

一見如故

初次見面就如老友一樣。

例：他倆雖然初次見面，但一見如故，
談得很投契。

反 相逢陌路、白頭如新

一見鍾情

初次見面便產生愛慕的情感。

例：他們在旅行中認識，彼此一見鍾
情，不久就結婚了。

近 一見傾心

一步登天

比喻一下子達到理想境界。

例：研究科學必須勤奮不懈，才能成
功，想要一步登天是不可能的。

近 一蹴而就

一知半解

形容所知不多，理解膚淺。

例：他對音樂只是一知半解，聽了這
次室內演奏，亦談不出什麼感想。

反 融會貫通

一枕黃粱

比喻虛幻的事和欲望破滅。

例：他們熱衷於投機，一心想發橫財，
到頭來卻是一枕黃粱罷了。

又 黃粱一夢
近 南柯一夢、一場春夢

一往情深

感情深切，一味嚮往而不能抑
止。

例：嫂嫂雖已去世多年，哥哥卻仍一
往情深，懷念不已。

近 深情厚意

一表人才

外表軒昂出眾。

例：在眾兄弟裏面，唯獨陳小榮長得一表人才，而且學有所成。

区 一表人材

近 一表堂堂、氣宇軒昂

一呼百應

形容接應的人多或聲勢烜赫。

例：想不到吧？這個老人當年是一呼百應、權傾朝野的大將軍！

原 一呼百諾　　近 一倡百和

一面之交

指雙方的交情並不深厚。

例：我和他只不過是一面之交，不太瞭解他的底細。

近 泛泛之交　　反 莫逆之交

一氣呵成

形容文章的氣勢暢旺，首尾連貫。

例：姚先生寫的那首詩委婉生動，一氣呵成，令人百讀不厭。

一敗塗地

失敗到了無可收拾的地步。

例：這次籃球比賽，甲隊防守連連失誤，結果一敗塗地。

近 土崩瓦解　　反 連戰連捷

一朝一夕

指短時間。

例：她唱歌唱得那麼好，不是一朝一夕之功，而是長期苦練出來的。

反 長年累月、日積月累

一無所有

什麼都沒有。

例：洪水淹沒了他的莊稼，沖走了他的屋子，他變得一無所有了。

近 一貧如洗　　反 富可敵國

一視同仁

平等對待任何人。

例：父親為人寬厚，他對親友，不分貧富，都一視同仁。

近 不分畛域　　反 厚此薄彼

一針見血

比喻言語和文章中肯深入。

例：李生的話一針見血，指出了問題的癥結所在。

近 一語中的　　反 隔靴搔癢

一望無際

遼遠廣闊，看不到邊際。

例：我從來沒有見過草原，一望無際，如此壯闊！

近 一望無涯、一望無垠

一廂情願

單方面的如意想法。

例：你不要一廂情願地想得這麼美，
事情的結局可能完全出你意外。

反 兩相情願

一揮而就

文思敏捷，揮筆即成。

例：他只是略略構思，提起筆來，兩
首七言律詩一揮而就。

又 一揮而成　　近 下筆成篇

一筆抹煞

輕率否定功績或優點。

例：我們不能因為他犯了一次過錯，
便把他往日的貢獻一筆抹煞。

近 一筆勾銷

一勞永逸

辛苦一次，便可以永遠安逸。

例：為求一勞永逸，興建這項水利工
程必須妥善規劃。

一絲不苟

一點兒也不馬虎。

例：她對工作一絲不苟，做出了成績，
值得我們大家學習。

反 敷衍塞責、敷衍了事

一意孤行

不聽別人忠告，堅持己見去做。

例：他不聽大家的勸告，一意孤行，
所以把事情弄糟了。

近 獨斷獨行　　反 從善如流

一概而論

對不同性質的問題籠統地同樣
看待。

例：這是兩個性質完全不同的問題，
怎麼可以一概而論？

近 相提並論

一落千丈

形容事物衰敗得非常迅速。

例：那家銀行受擠提打擊之後，業務
一落千丈。

近 一蹶不振　　反 蒸蒸日上

一鳴驚人

平時默默無聞，突然作出驚人
之舉。

例：她首次登臺表演，便博得滿堂喝
彩，真是一鳴驚人啊。

近 一飛沖天　　反 默默無聞

一語道破

一句話說穿。

例：小明的秘密被爸爸一語道破，滿
臉尷尬神色，引得大家哈哈大笑。

近 一針見血

一塵不染

乾淨得沒有一點塵埃。

例：媽媽把家裏收拾得一塵不染，準備迎接客人。

反 蛛網塵封、藏垢納污

一箭雙鵰

一舉兩得的意思。

例：警方這次突襲行動，既針對毒梟，又阻截走私，可謂一箭雙鵰。

近 一舉兩得、一石二鳥

一諾千金

形容說話極有信用。

例：張先生極重信用，對誰都一諾千金，絕不食言。

近 言出必行　　**反** 輕諾寡信

一竅不通

什麼也不懂的意思。

例：他對音樂很在行，但對畫畫卻是一竅不通。

反 心領神會

一籌莫展

無計可施的意思。

例：丈夫失業在家，孩子又得了重病，李太太簡直一籌莫展！

近 束手無策

反 胸有成竹

一蹶不振

比喻受到挫折再也振作不起來。

例：市面蕭條，華叔的生意更是一蹶不振，只好停業。

近 一敗塗地　　**反** 蒸蒸日上

一蹴而就

比喻很容易成功。

例：人必須艱苦奮鬥，才能成功，任何事業都不可能一蹴而就。

又 一蹴即至　　**近** 一步登天

一曝十寒

比喻做事沒有恆心。

例：學習外語切忌一曝十寒，否則永遠學不好。

近 時作時輟　　**反** 夙夜匪懈

一觸即發

稍一觸動，便告爆發。

例：這兩個接鄰的國家各自在邊境上集結大軍，戰爭一觸即發。

近 箭在弦上、勢如曠弩

一覽無遺

一眼就看清楚，沒有半點遺漏。

例：我們站在山上放眼四望，香島綺麗的景色一覽無遺。

又 一覽全收

近 一目瞭然　　**反** 管中窺豹

【二畫】

七手八腳

形容十分忙亂。

例：時間緊迫，大家七手八腳地忙亂了一陣，才把道具搬到舞臺上去。

(近) 手忙腳亂　　(反) 有條不紊

七零八落

形容事物的凋殘、零亂。

例：主人不在家，家裏的東西被竊賊翻得七零八落。

(近) 亂七八糟　　(反) 井井有條

七竅生煙

形容非常憤怒。

例：他聽到有人在背後中傷他，氣得七竅生煙。

(又) 七孔生煙

(近) 暴跳如雷　　(反) 心平氣和

九牛一毛

比喻極大數量中的極小數。

例：比起你的億萬家財，這幾千元猶如九牛一毛，你又何必太吝嗇？

(又) 九牛一毫　　(反) 太倉一粟

九死一生

比喻極端危險。

例：消防隊員冒着九死一生的危險把孩子從大火中救了出來。

(反) 安然無恙

九霄雲外

形容極遠處或沒有蹤跡。

例：放學回來，弟弟只顧玩耍，媽媽叮囑溫課的話，早忘在九霄雲外。

人山人海

形容很多人聚集在一起。

例：端午時節，岸上人山人海，大家爭看龍舟競賽。

(近) 人如潮湧　　(反) 寥寥可數

人才濟濟

形容人才很多。

例：我們班上人才濟濟，編一期校刊有什麼困難呢？

(反) 人才凋零、鳳毛麟角

人之常情

人通常有的情感。

例：送別好朋友時忍不住傷心流淚，這也是人之常情。

人云亦云

隨意附和，跟着人家說話。

例：他對任何人、任何事都有自己的
看法，從不人云亦云，隨聲附和。

近 拾人牙慧　　反 自出機杼

人心叵測

用心險惡，難以預先防範。

例：我把他當成好朋友，想不到他反
過來陷害我，真是人心叵測啊！

近 人心難測

人心惶惶

形容人人驚慌不安。

例：這幢大廈最近連續發生了幾次劫
案，弄得眾住戶人心惶惶。

又 人心皇皇

人地生疏

初到異鄉，不熟悉當地的情形。

例：他初到這個小鎮，人地生疏，找
事做真不容易。

近 舉目無親　　反 識途老馬

人言可畏

人們的風言風語很可怕。

例：俗話說：人言可畏。你要提防這
些流言蜚語會對你造成損害。

近 眾口鑠金

人定勝天

人的智慧和力量可以戰勝自然。

例：只有科技高度發達，才能真正實
現人定勝天。

原 人強勝天
反 成事在天、天意難回

人面獸心

外表善良，心腸狠毒。

例：那個流氓屢次強姦幼女，真是個
人面獸心的壞蛋！

近 佛口蛇心

人浮於事

人多而事少或人員過多。

例：這家公司機構龐大，人浮於事，
工作效率很低。

近 僧多粥少

人情世故

處理人際親疏遠近厚薄關係的
道理。

例：別看她年紀小小，卻通曉人情世
故。

人情冷暖

人的情誼變化像天氣一樣無常。

例：家道中落的人，最能體會得到人
情冷暖的滋味。

近 世態炎涼

人微言輕

地位低微，所講的話也不被重視。

例： 他的建議很有價值，可惜人微言輕，經理根本不予考慮。

原 人輕言微　　反 言重九鼎

人窮志短

生活窮困，壯志也消沉了。

例： 當年，他並沒有因家境貧困而人窮志短，否則怎能有今日的成功？

近 窮困潦倒　　反 窮當益堅

人聲鼎沸

形容人聲喧嚷嘈雜。

例： 忽聽得外面人聲鼎沸，我急忙開門出去，看看發生了什麼事情？

反 鴉雀無聲

入不敷出

收入的錢，不夠支出。

例： 自從父親故世後，家計蕭條，常常入不敷出。

近 捉襟見肘　　反 綽綽有餘

入木三分

刻畫或描寫得十分深刻。

例： 這部小說把主人公自私刻薄的個性刻畫得入木三分。

近 鞭辟入裏　　反 輕描淡寫

入情入理

十分合乎情理。

例： 老師的一番忠告，入情入理，令我心悅誠服。

近 通情達理　　反 不近人情

入鄉隨俗

到了他鄉，應順從當地的風俗習慣。

例： 你既然來了，何妨入鄉隨俗，跟大家一樣。

図 入鄉隨鄉

近 入國問禁　　反 我行我素

八面玲瓏

處世圓滑而周到的意思。

例： 他雖處世八面玲瓏，但無實際本領，怎麼能升要職？

近 八面見光　　反 呆頭呆腦

刁鑽古怪

形容性情古怪。

例： 他的脾氣刁鑽古怪，大家都對他敬而遠之。

反 落落大方、豁達大度

力不從心

內心想做，但力量不足。

例： 我很想幫你的忙，無奈力不從心啊！

近 有心無力　　反 得心應手

力竭聲嘶

力氣用完，聲音也嘶啞了。

例：他大呼救命，喊至力竭聲嘶，可
　　是一直沒有人來搭救他。

原 聲嘶力竭

十全十美

完美無缺的意思。

例：世間沒有十全十美的人，犯了錯
　　誤能改正就好。

近 盡美盡善　　**反** 美中不足

十拿九穩

表示很有把握。

例：小萍的學習成績很出色，考大學
　　看來十拿九穩。

近 萬無一失、胸有成竹

反 心中無數

十惡不赦

罪惡很大，不能赦免。

例：有許多人主張，對於那些十惡不
　　赦的大壞蛋，必須嚴厲懲處。

十萬火急

非常急迫，不可遲延。

例：敵人兵臨城下，我軍防禦單薄，
　　援軍路遠未達，形勢十萬火急。

近 急如星火　　**反** 不急之務

【三畫】

三五成羣

三個一伙，五個一羣。

例：暑假期間，學生們都愛三五成羣
　　到海灘去游泳。

近 三三兩兩

三心兩意

拿不定主意或意志不堅定。

例：你趕快作出決定吧，不要再三心
　　兩意耽擱時間了。

原 三心二意

近 心猿意馬　　**反** 一心一意

三令五申

再三命令告誡。

例：經理已經三命五申，要求大家遵
　　守制度。

三言兩語

幾句話。

例：這椿事情複雜得很，三言兩語是
　　說不清楚的。

原 三言兩句　　**反** 絮絮不休

三長兩短

指發生意外變故。

例：姑媽只有你一個兒子，萬一你有甚麼三長兩短，叫她怎麼受得了？

三思而行

經過再三考慮才去做。

例：你想棄學做工，這樣會埋沒你的前途，希望你三思而行。

反 輕舉妄動

三番兩次

好幾次。

例：經過三番兩次的申訴，劉老伯的居屋問題終於得到圓滿的解決。

又 三番五次

三頭六臂

比喻了不起的本領。

例：他們人多勢眾，你縱有三頭六臂也無法對付。

上行下效

下面的人跟着上面的人做。

例：當長官的切勿貪贓枉法，否則上行下效，後果是很嚴重的。

亡羊補牢

喻事後的補救還不算遲。

例：過去的學習成績不好，只要抓緊時間補習，亡羊補牢尚不為遲。

近 見兔顧犬　　**反** 噬臍莫及

千方百計

用盡各種方法。

例：為了讓孩子繼續唸大學，她千方百計地去籌措學費。

近 想方設法

反 一籌莫展、無計可施

千辛萬苦

許許多多的艱難困苦。

例：他翻山越嶺，歷盡千辛萬苦，才從敵人的俘虜營裏逃回來。

反 輕而易舉

千里迢迢

形容路途遙遠。

例：她千里迢迢地從偏僻的鄉村趕來，為的是想和兒子見上一面。

近 關山迢遙　　**反** 近在咫尺

千言萬語

有滿肚的話要說。

例：他們倆久別重逢，雖有千言萬語卻不知從何說起。

又 萬語千言

反 片紙隻字、不置一詞

28

千軍萬馬

兵馬眾多，軍力雄厚之意。

例： 貝多芬的英雄交響曲氣勢磅礴，
聽來有如千軍萬馬奔騰，令人振
奮！

反 一兵一卒

千恩萬謝

再三感謝。

例： 顏先生對眾人幫他尋回失蹤的女
兒，自是千恩萬謝。

千真萬確

形容非常確實。

例： 他貪贓杠法可是千真萬確的事，
你為什麼不相信呢？

反 捕風捉影

千鈞一髮

形容形勢萬分危急。

例： 眼看他要沒頂，在這千鈞一髮的
當兒，拋去的救生圈被他抓着了。

又 一髮千鈞

近 危如累卵　　**反** 安如泰山

千載難逢

形容機會難得與可貴。

例： 哈雷彗星將再度出現，這可是個
千載難逢的觀測好機會啊！

近 千載一時

千變萬化

形容變化非常多。

例： 山裏的氣候千變萬化，剛才還是
陽光燦爛的，一眨眼又下起雨來。

近 變化莫測

反 千篇一律、一成不變

千篇一律

比喻文章、言談、處事公式化。

例： 這位作家寫的作品千篇一律，都
是一些無病呻吟的東西。

近 千人一面

千頭萬緒

形容事物複雜紛亂。

例： 這件事千頭萬緒，不知從何做起呢！

又 千緒萬端、千端萬緒

反 有條不紊

千錘百煉

經歷多次艱苦的鬥爭或辛勤磨
煉。

例： 許多名詩佳句，是經過詩人千錘
百煉才寫出來的。

反 初出茅廬、少不更事

口是心非

所說的和所想的不一致。

例： 我們待人處世，理應言行一致，
絕不可口是心非。

近 言不顧行

反 言行一致、心口如一

口若懸河

喻人能言善辯。

例：辯論會中，他口若懸河，給人留
下了深刻的印象。

又 口如懸河

反 張口結舌、噤若寒蟬

口碑載道

形容人或事物受到廣泛稱讚。

例：那位老醫生醫術精，醫德又好，
無怪乎口碑載道。

近 有口皆碑

口蜜腹劍

形容話甜心險的人。

例：由於人們愛聽好話，所以口蜜腹
劍的人奸計容易得逞。

近 笑裏藏刀　　反 苦口婆心

土崩瓦解

比喻徹底潰敗，不可收拾。

例：這個走私集團在它的首腦及主要
頭目落網之後，已經土崩瓦解。

又 瓦解土崩

近 分崩離析　　反 牢不可破

大刀闊斧

喻人辦事從大處着手，手段猛
烈而爽快。

例：他辦事向來大刀闊斧，從不拖泥
帶水。

反 優柔寡斷、細針密線

大公無私

公正而沒有私心雜念。

例：當官的要大公無私，才能得民心。

近 鐵面無私　　反 假公濟私

大失所望

希望完全落空。

例：父親取消了全家出國旅遊的計
劃，我們都大失所望。

反 喜出望外

大功告成

完成十分艱巨的任務。

例：經過數月來的努力，這件事總算
大功告成。

近 功德圓滿　　反 功虧一簣

大名鼎鼎

形容名聲極大。

例：他在香港可算是一位大名鼎鼎的
外科醫生。

又 鼎鼎大名

近 遐邇馳名　　反 寂寂無聞

大吹大擂

比喻大肆宣揚，語言誇張。

例：越是在廣告中大吹大擂的貨品，
它的質量就越是令人懷疑。

大快人心

人人都非常痛快。

例：那班無惡不作的兇犯終於受到應
有的懲處，真是大快人心！

反 人神共憤、天怒人怨

大言不慚

說大話而不覺得慚愧。

例：他常在人前誇耀自己的學問，真
是大言不慚。

反 虛懷若谷

大材小用

才高者居下位或人才使用不當。

例：林先生有這麼高深的學問，卻當
個小職員，真是大材小用啊！

近 明珠暗投

大相徑庭

表示彼此有很大的差異。

例：哥哥彬彬有禮，弟弟卻舉動魯莽，
兩兄弟真是大相徑庭。

近 雲泥殊路

大庭廣眾

許多人聚集的公共場合。

例：在大庭廣眾面前出言不遜是十分
惹人反感的。

大海撈針

形容極難找到。

例：要在熱鬧的馬路上找回丟失的鑰
匙，無異大海撈針。

又 海底撈針、水底撈針

反 唾手可得

大喜過望

結果比原來所期望的要好。

例：想不到今年升職又加薪，怎不叫
她大喜過望呢？

近 喜出望外　　　**反** 大失所望

大殺風景

形容大大敗壞興致。

例：想不到一位嘉賓帶着的小狗，竟
在臺上撒尿，真是大殺風景。

又 大煞風景

大智若愚

有才智而不露，表面上看像很
愚笨。

例：人不可貌相，難道你沒見過大勇
若怯、大智若愚的人？

又 大智如愚　　**近** 大巧若拙

大惑不解

疑惑很多，不能理解。

例：這位博學多才的教師，竟突然被
校方辭退，使同學們大惑不解。

近 莫名其妙

反 豁然開朗、恍然大悟

大發雷霆

大發脾氣,高聲斥責。

例:孩子犯了過錯,你這樣大發雷霆,又罵又打,能幫他改正過錯麼?

近 怒不可遏、暴跳如雷

反 心平氣和

大開眼界

形容大大地增加了見識。

例:這次到西雙版納旅行,那裏一些奇怪的民俗,使我大開眼界。

近 大飽眼福、茅塞頓開

大義凜然

堅持正義,嚴峻不可侵犯的樣子。

例:他昂首面對敵人,大義凜然地指控他們的侵略行徑。

近 義薄雲天　　反 搖尾乞憐

大勢已去

指前途已經沒有希望了。

例:敵軍士兵見大勢已去,紛紛繳械投降。

反 方興未艾、氣勢磅礡

大勢所趨

整個局勢正朝着某個方向發展。

例:工業自動化,乃是大勢所趨。

近 人心所向

大腹便便

形容肚子肥大的樣子。

例:他見到一個大腹便便的人,便問兒子:這人是大老闆嗎?

反 骨瘦如柴

大器晚成

有大材的人,成就往往很遲。

例:你不要過早低估了他,也許他是大器晚成啊!

反 少年得志

大聲疾呼

大聲呼叫,提醒人注意。

例:他在這篇文章中大聲疾呼:莫讓毒品斷送青少年的美好前途!

反 噤若寒蟬

大權獨攬

獨自掌握大權。

例:他出任這個公司的經理後,大權獨攬,得罪了不少人。

近 大權在握　　反 大權旁落

大驚小怪

對不足為奇的事表現出過分驚訝。

例:你只不過是患了感冒,不必這樣大驚小怪。

近 少見多怪　　反 不足為奇

大驚失色

非常驚恐,變了臉色。

例:當他發現中了對方的圈套時,一個個大驚失色,呆若木雞。

近 面如土色　　反 談笑自若

大顯身手

盡量把本領表現出來。

例:在今天的歌舞演唱會上,演員們有機會大顯身手了。

近 大顯神通　　反 韜光養晦

孑然一身

喻孤單單的一個人。

例:從父母去世後,便孑然一身,過着無依無靠的生活。

近 孤苦伶仃、形單影隻

寸步難行

形容走路困難,亦比喻處境艱難。

例:他得了風濕病,發病時,兩條腿痛得寸步難行。

反 暢通無阻

寸草不留

比喻斬盡殺絕。

例:短短三天,殘暴的敵軍就把這個城市洗劫得寸草不留。

近 翦草除根、斬草除根、雞犬不留

寸陰尺璧

比喻光陰之可貴。

例:須知「寸陰尺璧」,年青人呀,別在嬉戲玩樂中虛度年華!

近 一刻千金　　反 虛度年華

小心翼翼

非常謹慎小心。

例:在完成上司交代的任務時,他小心翼翼,生怕出了一點差錯。

近 小心謹慎　　反 粗心大意

小巧玲瓏

形容物或人細巧美麗或者輕盈活潑。

例:這件小擺設小巧玲瓏,真是人見人愛。

近 玲瓏剔透　　反 碩大無朋

小題大做

比喻把小事情當大事處理。

例:他只是出了小差錯,何必小題大做,罰站記過?

近 借題發揮　　反 大事化小

山明水秀

形容風景優美。

例:這個地方山明水秀,風景如畫,吸引了許多中外遊客。

又 水秀山明、山清水秀

近 山清水媚

山珍海錯

名貴而美味的菜餚。

例：富豪們吃的是山珍海錯，穿的是
綾羅綢緞。

囚 山珍海味　　囡 粗茶淡飯

山盟海誓

指着山海發誓，表示盟約像山
和海那樣永恆不變。

例：他倆立下山盟海誓，表示永不變
心。

原 海誓山盟

近 指天誓日　　囡 忘恩負義

山窮水盡

比喻陷入絕境。

例：雖然你近來的處境艱難了一些，
但是還沒到山窮水盡的地步呀！

近 日暮途窮　　囡 柳暗花明

川流不息

形容連續不斷的意思。

例：東區走廊上，車輛日夜川流不息。

近 源源不絕、絡繹不絕

工力悉敵

工夫和力量完全相當，難分上下。

例：這兩幅畫，無論意境、技巧都工
力悉敵，堪稱雙絕。

近 旗鼓相當、勢均力敵

囡 無與倫比

才德兼備

既有才能，品德又好。

例：學校培養學生的最高目標是：才
德兼備。

囚 德才兼備

才疏學淺

指學識淺薄。

例：他雖然是一位知識淵博的學者，
卻總是謙虛地表示自己才疏學
淺。

近 孤陋寡聞

囡 才高八斗、博學多才

【四畫】

不了了之

把事情放在一邊不去管，就算
完事。

例：這樁公案時隔已久，無法調查清
楚，只好不了了之。

囡 有始有終

不亢不卑

既不驕傲，也不感到自卑。

例：他對任何人都是不亢不卑，待之
以禮。

囚 不卑不亢

囡 降志辱身、盛氣凌人

不以為然

不認為是對的。

例：對於特異功能可以呼風喚雨的說
法，趙先生很不以為然。

反 深以為然

不毛之地

荒涼、不長草木的地方。

例：這片田野，原是人跡罕至的不毛
之地。

反 沃野千里

不可救藥

無藥可救，形容情況極壞。

例：他還沒有壞到不可救藥的地步，
我們盡力挽救他吧！

又 無可救藥

不可一世

形容極其狂妄自大。

例：他當了經理後，便擺出一副不可
一世的神態，使人反感。

近 目中無人　　**反** 禮賢下士

不可收拾

弄到無可挽救的地步。

例：快找人來修理屋頂吧，否則碰上
颱颱風的話，就不可收拾了。

近 無法挽救　　**反** 大有可為

不可多得

形容稀少，難得。

例：像《紅樓夢》這樣的巨著，在世
界文學寶庫中也是不可多得的。

反 俯拾即是、比比皆是

不可思議

無法想像的意思。

例：五千年前的埃及人，靠體力築成
金字塔，簡直不可思議。

不甘示弱

不甘心承認自己比不上別人。

例：客隊的攻勢很強，主隊也不甘示
弱，這場球賽打得難分難解。

近 不甘後人
反 自暴自棄、甘拜下風

不由自主

由不得自己作主或控制不了自
己。

例：看到街口圍着一堆人，大家不由
自主地跑去看個究竟。

近 身不由己、情不自禁

不名一文

窮得身上一個錢也沒有。

例：經過幾年的揮霍，如今他已窮愁
潦倒，不名一文。

又 一文不名
近 囊空如洗　　**反** 腰纏萬貫

不同凡響

比喻才能本領出眾。

例： 那位學生果然不同凡響，他只花了一小時就解答完了所有的難題。

近 出類拔萃

不共戴天

表示仇恨深重，誓不兩立。

例： 侵略者洗劫了這個村莊，殺死了無辜的百姓，此仇不共戴天！

近 誓不兩立

不求甚解

不尋求徹底明白瞭解。

例： 讀書不求甚解，怎麼會有進步呢？

反 不厭其詳、融會貫通

不足掛齒

形容不值得一提。

例： 我要向他道謝，他卻把手一揮，說道：「區區小事，不足掛齒。」

近 何足掛齒　　反 非同小可

不言而喻

不用說就能明白。

例： 他考試得了第一名，內心的高興是不言而喻的。

近 顯而易見　　反 百思不解

不知不覺

沒有覺察到。

例： 愉快的中學生活，不知不覺間過去了五年。

不約而同

沒有預先約定，行動完全一致。

例： 放學以後，大家都不約而同去瑪麗醫院探望敏兒同學。

近 不謀而合

不計其數

形容極多。

例： 這次強烈地震來得突然，且發生在深夜，造成的傷亡不計其數。

近 不勝枚舉　　反 寥寥無幾

不省人事

昏迷過去，失去了知覺。

例： 聽見丈夫去世的消息，她一下子暈了過去，不省人事。

近 昏迷不醒

不修邊幅

比喻不講究儀表。

例： 他是個有名的畫家，但平時老是衣衫不整，不修邊幅。

反 衣冠楚楚

不倫不類

既不像這樣，也不像那樣。

例：她已老了，卻還穿那些新潮的服裝，給人一種不倫不類的感覺。

近 不三不四、非驢非馬

不務正業

不從事正當的職業。

例：那些不務正業、游手好閒的青年，最容易走上邪路。

不勞而獲

毫不費力地獲得。

例：抱着不勞而獲的思想生活，終究會誤入歧途的啊！

近 坐享其成　　反 徒勞無功

不時之需

隨時都會出現的需要。

例：我把每個月沒用完的零用錢都儲存起來，以備不時之需。

不假思索

形容做事、答話迅速。

例：由於他準備充分，所以能不假思索地解答出那道試題。

反 深思熟慮

不寒而慄

極度恐慌的意思。

例：晚上睡在牀上，回想起剛才聽到的鬼故事，真叫我不寒而慄。

近 毛骨悚然、心驚膽戰
反 若無其事

不堪一擊

禁不起一打。

例：他雖然肥胖得像個龐然大物，卻是贏弱得不堪一擊。

近 弱不禁風　　反 堅如磐石

不堪回首

回憶往事，痛苦難忍。

例：提起那段不堪回首的往事，只能使人感到傷心。

不置可否

指不表明贊同或反對。

例：看過我的設計圖後，總工程師不置可否，只是對我淡淡一笑。

近 模棱兩可

不遺餘力

把所有的力量都使出來。

例：他不遺餘力地工作，贏得了大家一致的好評。

近 竭盡全力　　反 淺嘗輒止

不學無術

沒有學問和技能。

例：那家伙不學無術，卻偏要裝出有學問的樣子，看了真叫人噁心。

反 學富五車

不翼而飛

比喻東西突然不見了。

例：回到家時，媽媽才發現自己手提包裏的錢已不翼而飛。

原 無翼而飛　　**反** 原封不動

不識時務

不懂得適應時代潮流。

例：像他這樣不識時務的人，是很難在官場立足的。

反 通權達變、隨機應變、靈機應變

五內如焚

形容心中焦急萬分。

例：李先生聽說他妻子搭乘的那艘輪船出事了，急得五內如焚。

近 心急如焚

五光十色

形容色彩繽紛，品種繁多。

例：這家商店的貨品陳列得五光十色，吸引了不少顧客。

近 五花八門、形形色色

五體投地

形容欽佩之極。

例：表姊說得一口流利的英語，令弟弟佩服得五體投地。

近 欽佩萬分、心悅誠服

反 不甘示弱

井井有條

很有條理秩序。

例：新來的秘書辦事井井有條，深得經理的信任。

近 有條不紊　　**反** 亂七八糟

井底之蛙

比喻見識淺薄。

例：請不要用「井底之蛙」去諷刺人，那是很傷人自尊心的。

近 坐井觀天　　**反** 見多識廣

仁至義盡

對人的愛護和幫助盡了最大的努力。

例：我們對你已經是仁至義盡，希望你知錯能改。

六神無主

形容心慌意亂，不知如何是好。

例：聽說孩子不見了，她急得六神無主。

近 方寸已亂、不知所措

六親不認

所有親戚，一概不認。

例：過去我們收養了他，現在找他幫忙，他竟六親不認了。

升斗小民

指貧困窮苦的百姓。

例：物價飛漲，讓升斗小民的沉重生活負擔百上加斤。

図 升斗市民　　反 億萬富翁

凶多吉少

凶害多，吉利少。多指估計事態的發展趨勢不妙。

例：在這次海難中失蹤的人久未尋獲，恐怕是凶多吉少了。

分道揚鑣

各走各的路。

例：既然我們對創業的意見大不相同，那就分道揚鑣好了。

原 分路揚鑣　　近 各奔前程

切膚之痛

比喻感受極為深切。

例：看到自己的同胞遭到敵人的侮辱，他不由感到切膚之痛。

反 麻木不仁、無關痛癢

切磋琢磨

反覆推敲，共同討論之意。

例：經過和學術界朋友多次的切磋琢磨，他的論文終於完成了。

近 切磋砥礪

化險為夷

將危險轉變成為安全。

例：他機智地把狼引開，化險為夷，孩子終於得救了。

近 轉危為安

反脣相稽

反過來譏諷對方。

例：老劉喜歡賭馬，卻責怪妻子愛打麻將，他妻子自然要反脣相稽了。

図 反脣相譏

反躬自省

檢討、反省自己。

例：出了差錯後，不要先責怪他人，應反躬自省一下。

図 反躬自責、反躬自問
近 捫心自問

反覆無常

變化不定。

例：最近天氣的變化反覆無常，你要多多保重才好。

反 始終不渝、始終如一

39

天衣無縫

比喻工藝精湛或事情完美。

例：這篇文章結構嚴謹，章法之妙猶如天衣無縫。

近 盡善盡美　　反 破綻百出

天災人禍

指自然災害和人為的禍患。

例：這個小島國經歷了連年的天災人禍，國力凋蔽，元氣大傷。

反 天下太平

天昏地暗

天地昏黑無光。

例：忽然，她感到一陣天昏地暗，接着就不省人事地仆倒在地下了。

又 天昏地黑　　反 天朗氣清

天南地北

形容距離遙遠，或泛指遠方。

例：他從小就跟着父親闖走天南地北，對家鄉的印象不深。

又 天南海北

天高地厚

比喻高低、輕重。

例：這孩子年少無知，說話不知天高地厚，請大家多多包涵。

天真爛漫

指兒童心地單純，不做作。

例：小梅生得聰明伶俐，天真爛漫，左鄰右舍都很喜歡她。

近 天真活潑　　反 矯揉造作

天造地設

讚美事物自然形成而合乎理想。

例：山頂這塊大石頭簡直是天造地設的瞭望臺。

近 鬼斧神工

天涯海角

指極遠的地方。

例：他們為了找尋地下寶藏，走遍了天涯海角。

原 天涯地角　　反 近在咫尺

天寒地凍

形容天氣極為寒冷。

例：中國的北方，一到冬天就天寒地凍，人們必須在室內生爐火取暖。

近 冰天雪地

天經地義

比喻理所當然。

例：為人子女，應當孝順父母，這是天經地義的事。

近 理所當然　　反 大逆不道

天網恢恢

形容罪人逃不出法網。

例： 俗語説：天網恢恢，疏而不漏，
那兇犯一定逃不過法律制裁的。

近 天理昭彰　　反 暗無天日

天羅地網

表示防範及佈置均極嚴密。

例： 歹徒再狡詐，還是逃不過警方所
佈下的天羅地網。

天壤之別

形容差別極大。

例： 把他現在的闊綽生活與過去的窮
困潦倒相比，真有天壤之別！

又 霄壤之別

近 判若雲泥　　反 大同小異

少不更事

年紀輕，經歷的事不多。

例： 這個年青人少不更事，現在還不
適宜委以重任。

近 初生之犢、初出茅廬

反 千錘百煉

少見多怪

形容見識少。

例： 來自香港的遊客一見到雪就歡呼
起來，北方人都笑他們少見多怪。

反 見多識廣、司空見慣

引人入勝

引人進入美妙的境界。

例： 這座園林不大，但是其間的迴廊
曲徑卻十分引人入勝。

反 平淡無奇

引吭高歌

放聲唱歌。

例： 有了卡拉ＯＫ，平素不敢唱歌的
人也有勇氣上臺引吭高歌了。

反 淺斟低吟

心力交瘁

精神和身體均已疲憊。

例： 為了應付畢業考試，我已經心力
交瘁，哪裏會有心思去學電腦。

近 精疲力盡　　反 精神奕奕

心不在焉

形容思想不集中。

例： 敏敏上課時心不在焉，老師在講
些什麼，她一句也沒有聽進去。

近 心猿意馬　　反 全神貫注

心血來潮

指突然產生某種念頭。

例： 他一時心血來潮，買了隻猴子來
養，結果給家裏帶來不少麻煩。

近 靈機一動

41

心安理得

事情做得合理，心裏感到坦然。

例：他做事只求對得住良心，拿這麼點報酬也心安理得。

反 寢食不安

心有餘悸

經歷一場危險，事後還感到害怕。

例：我親眼看見那座橋倒塌，現在回想起來還心有餘悸呢！

近 談虎色變

心如刀割

形容心痛之極。

例：看到她的丈夫病得骨瘦如柴，她不禁心如刀割，悲從中來。

又 心如刀絞

近 肝腸寸斷　　反 鐵石心腸

心灰意冷

失望已極，難以振作。

例：他考大學沒有考上，心灰意冷，不打算再唸書了。

又 心灰意懶

近 心如死灰　　反 雄心萬丈

心直口快

喻人直爽，不知忌諱。

例：楊先生心直口快，有什麼就說什麼。

反 不苟言笑

心花怒放

形容心裏非常高興。

例：他得到兒子在美國獲得博士學位的消息後，不由得心花怒放。

近 雀躍三百、興高采列

反 憂心忡忡

心服口服

心裏、嘴上都佩服。

例：中國游泳選手的確技藝超羣，連對手也都輸得心服口服。

近 心悅誠服

心狠手辣

心腸兇狠，手段毒辣。

例：那家伙心狠手辣，逼死了很多人，真是罪大惡極！

反 菩薩心腸

心神恍惚

形容心境不安，思緒混亂。

例：自從她的孩子離家出走後，她一直心神恍惚，茶飯不思。

近 神不守舍　　反 心定神閒

心悅誠服

真心誠意地佩服或服從。

例：李先生的一番高見，使我心悅誠服，我立刻收回了自己的意見。

近 五體投地、心服口服

心照不宣

彼此心裏明白，而不公開説出。

例：家裏的人都知道爺爺已經不久於
人世，只是心照不宣罷了。

近 心領神會

心亂如麻

心中煩亂，像一團亂麻。

例：天文臺已掛起八號風球，弟弟卻
仍未返家，母親急得心亂如麻。

近 心慌意亂

心廣體胖

心胸寬暢，身體自然舒泰。

例：孫家明個性開朗、樂天，心廣體
胖，看起來總是那麼安詳舒泰。

近 心寬體胖

心領神會

心裏已經領會明白。

例：這首五言詩，你只要反覆背誦，
日久自然能心領神會。

反 不得要領

心曠神怡

心情開朗，精神愉快。

例：漫步在景色宜人的湖邊，不由使
人心曠神怡！

近 怡然自得　　反 心煩意亂

心驚肉跳

形容極度恐慌不安。

例：最近治安很差，害得這幾天來我
每次上街，都總是心驚肉跳的。

近 惴惴不安、心驚膽戰、六神無主

心驚膽戰

形容極其驚慌害怕。

例：看完那部恐怖電影，她心驚膽戰，
竟然不敢關燈睡覺。

反 膽戰心驚

近 心驚肉跳　　反 神色自若

手不釋卷

形容勤學。

例：看叔叔抱着「馬經」，手不釋卷，
我就知道今天又是賽馬日了。

近 孜孜不倦

手足無措

不知怎麼辦才好。

例：她聽到樓下有人在喊救命，嚇得
手足無措。

反 手足失措

近 驚惶失措　　反 應付裕如

手忙腳亂

形容驚慌失措，亦形容做事忙亂。

例：聽説爸爸馬上就要回來，小明手
忙腳亂，趕快收拾屋子。

原 手慌腳亂

反 有條不紊、慢條斯理

手無寸鐵

手中沒有兵器。

例： 法西斯軍隊竟向手無寸鐵的老百
姓開火，真是令人髮指！

反 堅甲利兵、荷槍實彈

手舞足蹈

快活得不由自主地跳起舞來。

例： 她知道自己考取了大學，高興得
手舞足蹈起來。

近 歡欣雀躍

支離破碎

殘缺不完整。

例： 那篇文章，被他胡亂刪節得支離
破碎，面目全非。

近 殘缺不全　　**反** 完美無缺

文質彬彬

形容男子儀表端正，舉止有禮。

例： 張先生看起來文質彬彬，誰知他
竟是個田徑好手呢！

近 溫文爾雅　　**反** 魯莽滅裂

文過飾非

掩飾過失和錯誤。

例： 做錯了事應勇於承擔責任，不該
文過飾非。

近 拒諫飾非　　**反** 引咎自責

斤斤計較

一絲一毫都要計較。

例： 這麼一點小事，你何必斤斤計較
地鬧個沒完呢？

近 錙銖必較　　**反** 寬宏大量

方寸已亂

心緒已被擾亂。

例： 聽說哥哥被車撞倒，他方寸已
亂，哪裏靜得下心來上課呢？

近 心亂如麻　　**反** 鎮靜自若

方興未艾

喻事物正在發展之中。

例： 這個城市的市鎮建設正蓬勃發展
着，工業建設也方興未艾。

近 如日方升　　**反** 強弩之末

中流砥柱

喻起支撐作用的人或集體。

例： 這家書店堅持出正派書，在抵制
色情書刊中起了中流砥柱作用。

反 隨波逐流、隨俗浮沉

日上三竿

太陽已經升得很高了。

例： 已經日上三竿了，你怎麼還沒起
牀？

又 日高三竿　　**近** 紅日高照

日月如梭

形容時間過得迅速。

例：日月如梭，轉眼間，我們分別已有五個年頭了。

近 光陰似箭　　反 度日如年

日坐愁城

整天沉浸在愁苦之中。

例：自從女兒失蹤之後，老太太便日坐愁城，茶飯不思。

日暮途窮

比喻已到沒落階段。

例：由於經營不善，他的生意已經到了日暮途窮的地步。

又 日暮途遠

近 窮途末路　　反 來日方長

日新月異

形容發展迅速、進步快。

例：這些年來，香港的城市建設面貌真是日新月異。

反 依然如故

日積月累

逐日地積累下來。

例：他的文學造詣，是經過苦心鑽研，靠日積月累而得來的。

木已成舟

比喻事情已成定局，無可挽回了。

例：此事既然木已成舟，你就不必多考慮啦！

近 米已成炊

毛遂自薦

自我推薦的意思。

例：他比較熟悉那地方，到達目的地後，就毛遂自薦地作嚮導。

近 自告奮勇

水中撈月

比喻白費力氣，根本辦不到。

例：那時多少人聽信謠言到西部掘金，結果都如水中撈月。

原 水中捉月　　近 鏡裏拈花

水火不容

比喻互不相容。

例：他們本是親家，不知道為了什麼事，最近竟鬧得水火不容。

近 勢不兩立　　反 水乳交融

水泄不通

形容極度擁擠或嚴密包圍。

例：端午節那天，看划龍舟的人真多，幾處碼頭都擠得水泄不通。

反 通行無阻

水深火熱

比喻處境十分危難。

例：那個國家連年饑饉，近年又鬧戰亂，老百姓過着水深火熱的生活。

反 太平盛世、安居樂業

水落石出

比喻真相大白。

例：經過三年的偵查，地產商綁票案終於水落石出，真相大白。

近 真相大白　　反 石沉大海

火中取栗

被人利用去冒險，自己卻一無所得。

例：你想出錢為他挽回敗局，無異是火中取栗。

火燒眉毛

比喻情勢十分急迫。

例：現在已是火燒眉毛了，你還有閒功夫跟人下棋？

近 燃眉之急

【五畫】

世外桃源

與世隔絕的安樂地方。

例：過慣繁囂的都市生活，一到恬靜的郊野，就恍如進入世外桃源。

反 人間地獄

世態炎涼

指趨炎附勢的人情世態。

例：由於父母早逝，家道中落，他嘗盡了世態炎涼的滋味。

近 趨炎附勢、人情冷暖

仗義執言

為了正義說公道話。

例：為了維護公理，他不畏懼權勢，挺身而出，仗義執言。

反 噤若寒蟬

令人髮指

比喻憤怒到極點。

例：侵略軍屠殺無辜婦孺的滔天罪行，令人髮指。

近 令人切齒　　反 大快人心

以卵擊石

喻人不自量力。

例：你想單槍匹馬去對付那伙人多勢
眾的匪幫，無異以卵擊石。

又 以卵投石

近 螳臂當車　　反 泰山壓頂

以身作則

以自己的行為作他人的榜樣。

例：班長事事以身作則，贏得全班同
學的擁護。

以訛傳訛

把失真的消息又錯誤地傳開去。

例：某些報道往往捕風捉影，以訛傳
訛，實在害人不淺。

以強凌弱

憑恃強力，欺負弱小。

例：國家不分大小，都應該互相尊重，
決不可以大欺小，以強凌弱。

近 弱肉強食　　反 鋤強扶弱

以逸待勞

養精蓄銳，待機痛擊來犯疲乏
之敵。

例：敵軍遠途跋涉而來，我軍以逸待
勞，穩操勝券。

近 以靜制動

以管窺天

比喻對事物的觀察狹窄、片面。

例：我對時局瞭解不透，要我議論，
恐怕只能是以管窺天。

近 以蠡測海、管窺蠡測

以德報怨

用恩惠來報答仇恨。

例：我過去因誤會和他鬧翻，但他一
直以德報怨，使我十分慚愧。

近 以直報怨

反 恩將仇報、以怨報德

出人頭地

形容超出別人或高人一等。

例：只要你肯發憤圖強，總有一天會
出人頭地的。

近 嶄露頭角、頭角崢嶸、脫穎而出

出口成章

形容口才好或文思敏捷。

例：他的口才極好，出口成章，是一
個難得的司儀人才。

出生入死

冒着生命危險。

例：戰士們冒着槍林彈雨，出生入死
地跟敵人作戰。

近 視死如歸　　反 貪生怕死

出奇制勝

比喻用對方意料不到的方法取勝。

例：我軍聲東擊西，出奇制勝地攻下了那座城池。

出其不意

出乎別人意料之外。

例：他出其不意地從背後蒙住了我的眼睛，嚇了我一大跳。

近 出人意表、乘人不備

反 不出所料

出神入化

形容技術好到神妙的地步。

例：演奏鋼琴要達到出神入化的境地是很不容易的，非下苦功不可。

近 神工鬼斧

出爾反爾

比喻沒有信用。

例：我們待人處世，應該守信用，重言諾，切不可出爾反爾。

近 朝命夕改、口中雌黃

反 一諾千金

出類拔萃

超羣出眾的意思。

例：王小蘭品學兼優，在全校都可以算是出類拔萃的。

近 卓爾不羣、庸中佼佼

反 碌碌無能

功虧一簣

喻沒有把快完的事做到底。

例：小明快跑到終點時扭傷了腳，以致功虧一簣，讓小剛奪了冠軍。

反 一簣之功

近 功敗垂成　　反 大功告成

包羅萬象

形形色色，包括一切。

例：這套少年百科叢書內容非常豐富，可以說是包羅萬象，應有盡有。

近 應有盡有　　反 掛一漏萬

半斤八兩

比喻彼此本事普通，不分上下。

例：這兩個拳擊手技藝普通，半斤八兩，看來誰也打不過誰。

近 難分高下、不分上下

半吞半吐

想說又不願說。

例：你有話儘管直說，不要這樣半吞半吐的。

近 吞吞吐吐、欲語又止

反 直言不諱

半信半疑

有些相信，有些懷疑。

例：儘管他說得有根有據，可是我仍然半信半疑。

近 將信將疑

反 深信不疑、信以為真

半途而廢

中途放棄的意思。

例：算來你學日語近兩年了，如今半途而廢，豈不可惜？

近 中道而止　　反 堅持不懈

去偽存真

去掉虛假的，保留真實的。

例：學習和吸收前人的智慧和經驗，要善於去偽存真，去粗取精。

近 去蕪存菁、去粗取精

反 兼容並包

古色古香

形容古典雅緻。

例：想不到衣着如此摩登的陳先生，家中的擺設竟然這麼古色古香。

另眼相看

指特別看待。

例：老師看到這個學生聰明伶俐，不由得對他另眼相看。

又 另眼相待

近 刮目相看　　反 一視同仁

可歌可泣

形容事跡英勇悲壯，感人深切。

例：他那捨己救人的英勇事跡真是可歌可泣。

叱咤風雲

形容聲勢威力巨大。

例：想不到當年叱咤風雲、威震中外的將軍，晚景落得如此蕭條。

司空見慣

見慣了不足為奇的意思。

例：人類遨遊太空，從前還只是個幻想，如今卻成了司空見慣的事了。

近 習焉不察

反 蜀犬吠日、少見多怪

四分五裂

比喻不統一。

例：二十年代初期的軍閥割據，使中國又一次陷於四分五裂的局面。

近 瓜分豆剖、支離破碎

反 團結一致

四平八穩

非常穩當。

例：這座體育館雖然外型並不精巧，但卻建造得四平八穩，堅固非常。

近 穩如泰山　　反 東倒西歪

四面楚歌

比喻陷於孤立窘迫的境地。

例：清盤的消息一傳出，債主紛紛上門，公司一時陷入四面楚歌之中。

近 風聲鶴唳

四海為家

到處漂泊流浪。

例：這些年來，他過慣了到處漂泊、四海為家的生活。

近 浪跡天涯　　反 葉落歸根

四通八達

形容交通便利。

例：香港的交通四通八達，出行異常方便。

失之交臂

形容錯過機會的意思。

例：他從美國回港度假，我卻因公事去日本，失之交臂，真是遺憾。

近 錯失良機

失魂落魄

形容心神不定，行動失常。

例：看他今天失魂落魄的樣子，我猜想可能他家發生了什麼事兒。

近 魂飛魄散、魂不附體

反 泰然自若

奴顏婢膝

形容討好奉承、卑躬屈節的醜態。

例：他為人正直，從不奴顏婢膝地去奉承上司。

近 卑躬屈節　　反 堅貞不屈

左右為難

不管怎麼辦都有難處。

例：父親要我繼續升學，母親卻叫我找工做，真使我左右為難哪！

左右逢源

辦事得心應手，一切順利。

例：他對此事的來龍去脈瞭如指掌，處理起來自然左右逢源，十分順利。

近 得心應手　　反 左支右絀

左思右想

再三思考。

例：這樁事很麻煩，我左思右想，都想不出一個好辦法。

反 不假思索

左顧右盼

形容洋洋得意的神態。

例：坐在主席臺上的蘇小姐左顧右盼，好一副洋洋自得的樣子！

近 得意洋洋　　反 垂頭喪氣

巧言令色

形容花言巧語，偽裝和善討好人。

例：巧言令色的人往往別有用心，你可不要上當啊！

反 疾言厲色

巧取豪奪

用各種方法謀取財物。

例：本鎮的人都知道，黃百萬的家產都是靠巧取豪奪得來的。

✕ 巧偷豪奪

巧奪天工

人工遠勝於天然。

例：在這小小的欖核上刻了十八尊栩栩如生的羅漢，真可謂巧奪天工。

近 出神入化、鬼斧神工

反 粗製濫造

平心靜氣

態度平和沉着。

例：你平心靜氣想想，在這件事情上你也有過錯，不能全怪他。

近 心平氣和

反 心躁氣浮、心煩意亂

平步青雲

比喻順利地獲得高位。

例：他一走出校門，便福星高照，平步青雲，當上了公司總經理。

近 青雲直上

反 命途多舛、一落千丈

平易近人

態度和藹可親，別人容易接近。

例：崔伯伯一向平易近人，大家都願意跟他交朋友。

近 和藹可親　　反 拒人千里

平鋪直敍

指文章或説話沒有起伏變化。

例：小説最忌平鋪直敍，故事情節要生動曲折才能吸引讀者。

近 平淡無奇　　反 千迴百折

打家劫舍

指強盜土匪的搶掠行為。

例：那些土匪每到一處就打家劫舍，鬧得雞犬不寧。

打草驚蛇

事情泄漏，使人有了防備。

例：警察已佈下羅網，要捉拿劫匪，請大家別大聲嚷嚷，以免打草驚蛇。

反 不動聲色

未老先衰

年紀不大，人已衰老。

例：我剛過四十歲，卻已滿頭白髮，精神日差，真是未老先衰啊！

反 老當益壯

未雨綢繆

比喻事先有防備。

例：周老伯未雨綢繆，颱風未到，早已做足了防風的措施。

近 有備無患　　反 臨渴掘井

51

本末倒置

顛倒了事物的主次位置。

例：你還沒學會做人，便去追逐名利，如此本末倒置，只能兩頭落空！

近 輕重倒置、捨本逐末

正大光明

行為正派，心地光明。

例：李先生為人一向正大光明，深受同事們的敬重。

反 光明正大

近 光明磊落　　反 陰謀詭計

正中下懷

恰好符合自己心意。

例：我早就想去旅遊，父親提議春節合家去日本度假，可謂正中下懷。

反 事與願違

永垂不朽

永遠流傳，不會磨滅。

例：為國家、為民族的利益而犧牲的英雄永垂不朽！

近 名垂青史、流芳百世

玉石俱焚

喻好壞不分，同歸於盡。

例：幸好守城的將領陣前起義，否則全城玉石俱焚。

近 蘭艾同焚

玉潔冰清

指人的品性清白。

例：像她這樣玉潔冰清的女孩子，在如今的社會裏還是不少的。

原 冰清玉潔

近 一塵不染、白璧無瑕

瓜田李下

比喻容易遭到嫌疑。

例：考試時最好不要東張西望，以避免瓜田李下的嫌疑。

反 瓜李之嫌

瓜熟蒂落

喻時機成熟。

例：他們倆的感情發展到今天，已瓜熟蒂落，是談婚論嫁的時候了！

近 水到渠成

甘拜下風

自認不如，真心佩服。

例：你下棋下得真好，我甘拜下風，今後得好好向你學習。

反 不甘示弱

生花妙筆

形容文筆生動。

例：他的生花妙筆把男女主人公都寫活了。

生搬硬套

不顧實際情況，一味套用別人的辦法。

例：別人的經驗再好，也不可以生搬硬套。

生龍活虎

生氣勃勃的意思。

例：運動員們個個都生龍活虎，在運動場上大顯身手。

近 朝氣蓬勃、生氣勃勃

反 奄奄待斃

生離死別

形容很難再見或永久離別。

例：戰爭使無辜的百姓遭受了生離死別的痛苦。

生靈塗炭

形容人民生活極其困苦。

例：連綿不斷的軍閥混戰使得這個國家生靈塗炭、民怨沸騰。

近 民不聊生　　反 國泰民安

白日做夢

比喻根本不能實現的幻想。

例：你不肯用功，又想當博士、當科學家，那不是白日做夢？

近 一枕黃粱　　反 南柯一夢

白手起家

空手創家立業。

例：他們倆白手起家，用辛苦掙來的錢，開起了一家精品店。

反 白手興家

白璧無瑕

比喻十全十美。

例：她們原是白璧無瑕的女孩子，只因貪慕虛榮而失足墮落了。

近 十全十美　　反 白璧微瑕

白璧微瑕

比喻美中不足。

例：這些小毛病只是白璧微瑕，無損這部書的整體成就。

近 美中不足

反 白璧無瑕、十全十美

白頭偕老

指夫妻和好地在一起生活到老。

例：願你們小兩口互敬互愛，白頭偕老。

近 同偕白首

反 中道仳離、始亂終棄

皮開肉綻

皮肉都裂開了。

例：章伯伯稍一反抗，便被劫匪打得皮開肉綻，鮮血模糊。

近 遍體鱗傷、體無完膚

目不暇接

來不及觀看。

例：這兒陳列的商品五光十色，叫人
目不暇接。

反 目不暇給

近 眼花繚亂　　**反** 一目瞭然

目不轉睛

集中注意力，看得出神。

例：奶奶目不轉睛地看着闊別了四十
多年的弟弟，不禁涕淚交流。

近 全神貫注　　**反** 東張西望

目不識丁

不識一字。

例：經過政府普及教育後，目不識丁
的人幾乎絕跡了。

近 不識之無、胸無點墨

反 學富五車

目中無人

形容極其狂妄自大。

例：他升了官之後，就目中無人，再
也不和舊日的朋友往來了。

近 目空一切、目無餘子

反 虛懷若谷

目光如豆

喻眼光短淺，缺乏遠見。

例：他為了多掙些錢，竟叫孩子荒廢
學業作他的幫手，真是目光如豆。

近 鼠目寸光

反 高瞻遠矚、目光如炬

目空一切

形容極端狂妄自大。

例：學問無止境，不學無術的人才會
目空一切。

近 自命不凡、不可一世

目瞪口呆

因吃驚、害怕而發楞。

例：他拒不認罪，等到警方把證人帶
出來時，他才驚得目瞪口呆。

近 瞠目結舌　　**反** 神色自若

石沉大海

像投進大海的石頭無蹤影。

例：聽説家鄉發生地震，我寫了好幾
封信去詢問，竟然都如石沉大
海。

反 石投大海

近 杳如黃鶴、昔訊杳然

【六畫】

交頭接耳

輕聲密談的意思。

例：幾個女孩子聚在一起，就喜歡交
頭接耳地説悄悄話。

近 竊竊私語

亦步亦趨

處處模仿他人的意思。

例： 這份雜誌的內容、版面，都亦步
亦趨地跟在某週刊後面，沒出息！

近 人云亦云　　反 獨往獨來

仰人鼻息

比喻依賴別人，不能自主。

例： 你已經完全可以自立，何必寄人
籬下，仰人鼻息呢？

近 寄人籬下　　反 獨立自主

任人唯親

任用人不管德才如何，只選用
與自己關係密切的。

例： 經理任人唯親，大家私下都有怨
言。

反 任人唯賢、任賢使能

任勞任怨

不辭勞苦，不怕埋怨。

例： 他做事認真負責，任勞任怨，深
得上司的賞識和同事的稱讚。

近 忍辱負重

反 怨天尤人、叫苦連天

休戚相關

彼此間的禍福都相互關聯。

例： 我與他情同手足，休戚相關，他
有困難，我怎麼能不管？

近 息息相關、休戚與共、唇齒相依

兇相畢露

兇惡的神情完全暴露出來。

例： 劫匪騙得小孩開門之後，便兇相
畢露，明火執仗地大肆搜掠。

兇神惡煞

比喻兇狠的壞人。

例： 大家一看來的這班人兇神惡煞似
的，就知道事情不好了。

充耳不聞

形容存心不聽人家的話。

例： 他整日在外遊蕩，對父母的勸告
充耳不聞。

近 置若罔聞　　反 洗耳恭聽

先人後己

先考慮別人，後考慮自己。

例： 一事當前，先人後己非易事，
要做到大公無私就更難乎其難
了。

近 先公後私

反 自私自利、先己後人

先入為主

以最初的印象為判斷依據。

例： 先入為主的看法往往是片面的，
須經長期考察方能對人下定論。

近 先入之見

先見之明
形容對事情有預見。

例：事情的發展如他所料，我真佩服他有先見之明。

近 未卜先知

先發制人
先動手制服對方。

例：我們和對方談判時，要先發制人，爭取主動。

反 後發制人

先睹為快
以先看到當作快樂的事。

例：這部電影一上映，人人都爭着買票，想先睹為快。

反 不屑一顧

先禮後兵
先以禮相待，後用強硬手段解決。

例：咱們先禮後兵，對方如蠻不講理，就立即報警捉他。

光天化日
比喻大家都能看見的地方。

例：那班流氓竟在光天化日之下調戲婦女，是可忍孰不可忍？

近 青天白日、眾目睽睽

光明磊落
光明正大，胸懷坦白。

例：他做事一向光明磊落，深得大家的敬重。

近 堂堂正正　　反 鬼鬼祟祟

光怪陸離
形容色彩斑斕，形狀怪異。

例：上個月他去內地旅行，帶回來一些很有名的，光怪陸離的太湖石。

反 平淡無奇

全力以赴
把全部力量都用上去。

例：只要我們全力以赴，這項緊急任務一定能夠按質按量完成的。

近 盡心竭力

全功盡棄
全部功效都喪失乾淨。

例：你已學了兩年的小提琴，現在不想學了，豈不是全功盡棄了嗎？

近 前功盡棄　　反 大功告成

全神貫注
形容精神高度集中。

例：我走進教室的時候，李愛玲她們正全神貫注地在做功課。

近 專心致志

反 神不守舍、心不在焉

再接再厲

比喻一個努力接着一個努力。

例：我們不應就此滿足，應再接再厲，取得更大的成績。

近 更進一竿、精益求精

冰天雪地

形容一片冰雪，非常寒冷。

例：在冰天雪地的北方，駕雪橇滑雪倒是別有一番風味。

近 天寒地凍

匠心獨運

獨創工巧的藝術構思。

例：王師傅匠心獨運，巧妙地把這隻象牙雕刻成一條形神畢肖的游龍。

又 匠心獨造

近 別出心裁、不落窠臼

危如累卵

比喻非常危險的情況。

例：敵軍兵臨城下，這座城危如累卵，破在旦夕。

又 危於累卵

近 岌岌可危　　反 安如磐石

危言聳聽

故意說些話來嚇人。

例：有人危言聳聽，說這幢樓就快坍塌了，我怎麼也不相信。

各有千秋

各有所長的意思。

例：國畫講求意境，油畫着重技巧，兩者各有千秋。

各抒己見

各人充分發表自己的見解。

例：研討會上，大家各抒己見，對新產品的設計提出許多方案。

各奔前程

各人走各人的路。

例：幾位好友久別重逢，當晚歡聚到更深才散，第二天又各奔前程了。

近 勞燕分飛　　反 聚首一堂

同仇敵愾

懷着共同的仇恨，對付共同的敵人。

例：我們大家要同仇敵愾，和侵略者血戰到底。

反 同室操戈

同甘共苦

彼此共患難，同安樂。

例：張警長是一位好長官，經常與下屬同甘共苦。

近 禍福與共

同舟共濟

比喻在患難中團結互助。

例:他們在患難中同舟共濟,自此結成了生死之交。

近 患難與共　　反 同室操戈

同病相憐

遭遇相同的人互相同情。

例:他們倆都是孤兒,彼此同病相憐,互相安慰。

同流合污

跟着壞人一起作壞事。

例:你跟那些不法之徒同流合污,豈不是自毀前程?

近 同惡相求　　反 潔身自好

名不虛傳

流傳的名聲與事實相符合。

例:這個名畫家的畫氣魄大、意境深,果然名不虛傳。

近 名下無虛、名副其實

反 徒有虛名

名正言順

指做事、講話理由正當而充分。

例:衛生督導員檢控你亂拋垃圾,自是名正言順。

近 理所當然

名列前茅

考試成績好,名列前面。

例:她勤奮好學,每次考試都能名列前茅。

近 獨佔鰲頭　　反 名落孫山

名利雙收

既有名聲,又獲利益。

例:這一年,她得到公司的力捧,名利雙收。

近 名成利就

名副其實

名聲與實際相一致。

例:這個廠生產的時裝質量高,款式新,是名副其實的高級產品。

近 名不虛傳

反 名不副實、名存實亡

名落孫山

比喻沒有考上。

例:大哥今年考大學,名落孫山,但他並不灰心,準備明年再考。

近 榜上無名

反 金榜題名、榜上有名

因小失大

因貪小利而造成重大損失。

例:你貪圖省錢,買了不新鮮的魚蝦,倘若吃了害病,豈非因小失大?

原 貪小失大

因噎廢食

比喻偶受挫折就索性不幹。

例：做化學實驗不當心會出事，但是我們不能因噎廢食就不實驗了。

回心轉意

重新考慮，不再固執己見。

例：雖已分居一年，姊姊仍然盼望姊夫回心轉意，挽救這段婚姻。

又 心回意轉　反 固執己見

回頭是岸

只要改過自新就有出路。

例：有謂回頭是岸，即使是罪人，只要肯痛改前非，就仍有生路。

近 迷途知返
反 一意孤行、執迷不悟

多才多藝

具有多種才能技藝。

例：她不僅能歌善舞，還寫得一手好字，真是多才多藝啊！

又 多材多藝　反 碌碌無能

多多益善

越多越好。

例：捐獻公益金的口號是：少少無拘，多多益善。

多此一舉

多餘的、不必要的舉動。

例：雨下得不大，你穿件雨衣就夠了，再打把雨傘豈不是多此一舉麼？

近 畫蛇添足

好好先生

形容一個人性情隨和，不得罪任何人。

例：王師傅是出名的好好先生，對人總是一團和氣。

好高騖遠

脫離實際，追求目前做不到的事情。

例：在學習上應當循序漸進，不能好高騖遠，貪抄捷徑。

反 腳踏實地、踏踏實實

好逸惡勞

貪圖安逸，厭惡勞動。

例：他從小好逸惡勞，如今家道中落，都不知道往後的日子如何過。

近 好吃懶做　反 焚膏繼晷

如日中天

形容事業成就正達頂峯。

例：正當她的歌唱事業如日中天，她突然宣佈退出歌壇。

又 如日方中　近 如日方升

如火如荼

比喻氣勢十分旺盛。

例：春天到了，杜鵑花開得如火如荼，把這個城市點綴得更加美麗。

反 冷冷清清

如出一轍

比喻兩種言論或行動完全一樣。

例：想不到非洲有則童話，跟中國的「狼外婆」如出一轍。

近 毫無二致　　**反** 千差萬別

如坐針氈

比喻內心焦急不安。

例：她的兒子兩天沒回家，她到處打聽不得要領，終日如坐針氈。

近 坐立不安、五內如焚

反 泰然自若

如虎添翼

比喻力量強的人又增添新的助力。

例：有了這些新的武器裝備，警隊如虎添翼，實力更強更壯。

又 如虎傅翼

如法炮製

比喻照樣子做。

例：她依照烹飪書如法炮製，燒出的菜卻也可口。

又 如法泡製

近 依樣葫蘆　　**反** 別出心裁

如狼似虎

極其兇暴殘忍。

例：他被如狼似虎的債主逼得走投無路，只好遠走他鄉。

近 兇神惡煞　　**反** 溫柔敦厚

如意算盤

比喻只從好的一面打算。

例：你少打如意算盤吧，一年的工錢只付十個月，我哪肯與你干休！

反 水火不容、冰炭不容

如獲至寶

好像得到最珍貴的寶物。

例：只不過是一枚很普通的郵票，弟弟卻如獲至寶地珍藏起來。

反 棄如敝屣

如夢初醒

恍然大悟的意思。

例：他的一席話使我如夢初醒，我這才知道事情的真相。

又 如夢方醒、如醉方醒

近 恍然大悟

如雷貫耳

比喻名聲極大。

例：久聞先生大名，如雷貫耳。今日得見，真是三生有幸。

又 如雷灌耳

近 名滿天下　　**反** 默默無聞

如數家珍

比喻對所講的事情十分熟悉。

例：商店售貨員對各種商品非常熟悉，介紹起來如數家珍。

近 瞭如指掌

如願以償

滿足了自己的願望。

例：經過多年的艱苦訓練，她終於如願以償地奪得奧運會跳水金牌。

近 得償所願　　反 大失所望

如釋重負

像放下重擔一樣輕鬆愉快。

例：直到考完試，我才如釋重負地鬆了口氣。

如饑似渴

比喻要求十分迫切。

例：我如饑似渴地把那二十幾頁的長文，一口氣讀下去。

原 如饑如渴

妄自菲薄

毫無根據地看輕自己。

例：每人都有各自的優點和缺點，妄自菲薄或妄自尊大都是不對的。

近 自暴自棄

反 妄自尊大、自高自大

守口如瓶

比喻嚴守秘密。

例：關於這件事的真情，他始終守口如瓶，我們不得而知。

近 三緘其口　　反 衝口而出

守株待兔

喻坐待其成，也指不知變通。

例：校長勉勵畢業同學走向社會，服務人羣，不作守株待兔之輩。

安分守己

安本分，不作分外的希望。

例：她一向安分守己，決不可能幹這種壞事的。

近 循規蹈矩　　反 胡作妄為

安步當車

慢慢地走，當作坐車。

例：既然公園離此地不遠，我們可以安步當車，走着去嘛！

安居樂業

形容人們生活安定美滿。

例：這些年來天下太平，風調雨順，老百姓都安居樂業。

反 顛沛流離、民不聊生

安然無恙

很平安，沒有受到損害。

例： 那孩子從二樓窗口失足跌落地下，竟然安然無恙，真是奇跡！

近 平安無事　　反 凶多吉少

忙裏偷閒

在忙碌中抽出空閒。

例： 劉先生忙裏偷閒，和家人一起外出旅遊了幾天。

扣人心弦

形容事物感動人心。

例： 這個故事扣人心弦，大家都聽得津津有味。

近 動人心魄

反 平淡無奇、淡而無味

曲高和寡

格調高，不夠通俗。

例： 這確實是部好電影，只是曲高和寡，不合一般市民的胃口。

近 陽春白雪　　反 下里巴人

曲意逢迎

想盡辦法奉承迎合別人。

例： 他對新來的上司曲意逢迎，誰知這次卻碰了一鼻子灰。

近 阿諛逢迎、脅肩諂笑

反 剛正不阿

有口皆碑

比喻到處為人所稱頌。

例： 新省長上任不到一年，政績已是有口皆碑。

近 口碑載道、交口稱譽

反 怨聲載道

有目共睹

人人都能看見。

例： 中國健兒在這一屆奧運會上的優異表現，全世界有目共睹。

近 人人皆知

有名無實

只有空名，沒有實際。

例： 所謂「國寶展覽會」，有名無實，展出的只是一般古董而已。

近 徒有虛名　　反 名副其實

有志竟成

有志氣的人最後一定成功。

例： 哥哥勤學苦練，果然有志竟成，成為全港有名的畫家。

有恃無恐

有了倚靠就毫無恐懼。

例： 他父親是個高官，所以他有恃無恐，常常欺侮別人。

有勇無謀

僅有勇氣而沒有計謀。

例：有勇無謀，一味蠻幹，往往徒勞
無功。

反 智勇雙全

有案可稽

有證據可查。

例：這些侵略者在中國到處搶殺，欠
下了累累血債，這是有案可稽
的。

近 真憑實據　　**反** 荒誕無稽

有氣無力

形容說話沒有精神的樣子。

例：看她說話有氣無力的樣子，我猜
想她一定是病了。

又 有氣沒力　　**近** 精疲力竭

有眼無珠

比喻沒有辨別好壞的能力。

例：你真是有眼無珠，輕信了這種壞
人。

有備無患

事先作準備，就可避免災禍。

例：你要去露營的話，別忘了帶上驅
蚊劑，有備無患嘛！

近 未雨綢繆

有機可乘

有空子可鑽。

例：匪徒見有機可乘，連忙下手，誰
知正好陷入警方的羅網。

又 有隙可乘

近 乘虛而入　　**反** 無懈可擊

有頭無尾

指做事不能堅持到底。

例：他老是做事草率，有頭無尾，自
然要被上司訓斥了。

近 虎頭蛇尾

反 有頭有尾、有始有終

死不足惜

死了也不值得可惜。

例：他平時作惡多端，真是死不足惜
呢！

近 死有餘辜

死心塌地

形容主意已定，決不改變。

例：他待你不好，你為什麼還死心塌
地地跟着他？

近 一心一意

死灰復燃

比喻已消失的惡勢力重新活動
起來。

例：最近，這一個區的販毒活動又有
死灰復燃的趨勢。

近 東山再起、捲土重來、一蹶不振

63

求之不得

形容迫切希望得到。

例：你要把那雙舊的溜冰鞋送給我，我正求之不得呢！

求全責備

對人對事要求十全十美。

例：他已經盡了最大的努力，你不要對他這麼求全責備了。

反 責備求全

汗牛充棟

形容圖書很多。

例：林老先生是個藏書家，他的藏書可稱是汗牛充棟。

汗馬功勞

在戰場上建立戰功，也泛指立下功勞。

例：他從軍幾十年，立下了不少汗馬功勞。

近 功標青史　　**反** 功薄蟬翼

汗流浹背

汗流得滿背都是。

例：他在烈日下跑步，不一會就跑得汗流浹背。

近 滿頭大汗

江河日下

比喻日漸衰敗的意思。

例：由於經濟不景氣，這家公司的生意如江河日下，一蹶不振。

近 一落千丈　　**反** 蒸蒸日上

百孔千瘡

比喻損壞或毛病極多。

例：這座村屋年久失修，百孔千瘡，破爛得不像樣子。

反 千瘡百孔　　**近** 滿目瘡痍

百折不撓

受到任何挫折都不屈服。

例：要有所創造發明，就必須具備百折不撓的精神。

反 百折不回

近 堅毅不拔、不屈不撓

百依百順

形容一味順從。

例：無論獨生女提出什麼要求，這對老年夫婦總是百依百順。

反 百依百隨　　**近** 言聽計從

百思不解

經過反覆思考，仍不理解。

例：最令我百思不解的是，這種意識不良的漫畫書，他還一讀再讀。

近 大惑不解　　**反** 恍然大悟

百無聊賴

精神無所寄託,感到非常無聊。

例:他失學在家,天天面對電視機,實在感到百無聊賴。

百感交集

許多不同的感觸交織在一起。

例:見到失散幾十年的大姊,徐先生百感交集,老淚縱橫。

百戰百勝

形容極其善戰,所向無敵。

例:這支軍隊的將士同仇敵愾,勇敢善戰,所以能夠百戰百勝。

近 戰無不勝　　**反** 一敗塗地

羊腸小道

形容狹窄彎曲的小路。

例:山後面有一條羊腸小道,彎彎曲曲地通向那座廟宇。

反 康莊大道

老生常談

比喻人人聽慣、聽厭的話。

例:郭先生的演講說的都是一些老生常談,自然引不起聽眾的興趣。

近 陳腔濫調

老奸巨猾

非常奸險狡猾的人。

例:這個老奸巨猾的匪首,用普通的辦法是無法將他擒拿的。

反 天真爛漫

老馬識途

比喻有經驗的人對事情較熟悉。

例:方大哥,您是老馬識途,凡事請多給我們指點指點。

近 識途老馬　　**反** 初出茅廬

老羞成怒

羞慚到極點而發怒。

例:他受到大家的指責之後,竟然老羞成怒,動起武來。

又 惱羞成怒

老氣橫秋

形容老練而自負的樣子。

例:公司那新來的年青人總是擺出一副老氣橫秋的樣子,惹人反感。

反 朝氣蓬勃

老當益壯

年紀越老,志氣越壯。

例:他六十多歲了,還報名參加長跑比賽,大家都讚他老當益壯。

反 未老先衰

老謀深算

形容辦事幹練，計劃周密。

例：他事理通達，老謀深算，凡事不
會輕率決定，所以很少會失敗。

反 心無城府

耳目一新

形容情況改變得大。

例：家鄉的變化很大，我一踏進村
子，就感到耳目一新。

近 面目一新　　**反** 依然如故

耳聞目睹

親耳聽到，親眼看到。

例：這回我遊覽了歐洲的好幾個大城
市，耳聞目睹的事可真不少。

近 所見所聞

耳濡目染

經常聽到看到，自然受到影響。

例：他出身音樂世家，從小耳濡目染，
受到很好的音樂薰陶。

近 薰陶成性

自由自在

不受拘束，安閒舒適。

例：學校終於放暑假了，現在我們可
以自由自在地玩一陣子了。

近 無拘無束　　**反** 身不由主

自投羅網

自己走入對手設下的圈套。

例：那些歹徒不知警方已設下埋伏，
個個自投羅網，束手就擒。

自告奮勇

自動請求擔當較難的任務。

例：聽說少年游泳班缺教練，他自告
奮勇地去承擔。

反 臨陣退縮

自作自受

自討苦吃的意思。

例：這件事完全是你自作自受，怪不
得任何人。

近 自食其果、咎由自取

自私自利

私心很重，只考慮個人利益。

例：她確實有點自私自利，但我們要
是嫌棄她，怎能幫她改正？

近 損人利己

反 大公無私、公而忘私

自知之明

對自己有正確估價。

例：這個人竟然在教授面前賣弄才華，
真的是太沒有自知之明了。

反 妄自尊大

自命不凡

自以為了不起。

例：他當上了公司經理後，便自命不
凡，老是板起臉教訓人。

近 自高自大　　反 自慚形穢

自取滅亡

所作所為把自己引上絕路。

例：我軍壁壘森嚴，敵軍膽敢來犯，
必將自取滅亡。

近 自掘坟墓

自相矛盾

比喻一個人的言行前後互相抵
觸。

例：這篇文章裏的論點自相矛盾，哪
裏有什麼說服力呢？

近 言行不一

自怨自艾

悔恨自己的過錯。

例：這件事大家都有責任，你不用這
樣自怨自艾。

自高自大

自以為了不起，瞧不起別人。

例：他品學兼優，但很謙虛，從不自
高自大。

近 自命不凡

反 自慚形穢、妄自菲薄

自欺欺人

既欺騙自己，也欺騙別人。

例：你沒有學過德語，卻偏說自己懂
德語，那不是自欺欺人嗎？

反 欺人自欺

自圓其說

把自己的觀點講周全，使其沒
有漏洞。

例：你的話前後矛盾，恐怕難以自圓
其說吧！

反 自相矛盾

自暴自棄

指甘居下游，不求上進。

例：你不要因為學習成績不好而自暴
自棄，應該更加奮發努力才是。

近 自怨自艾

反 奮發有為、自強不息

至死不悟

到了死的時候還不覺悟。

例：他沉迷於杯中物，得了絕症還不
願戒酒，真是至死不悟啊。

近 執迷不悟　　反 洗心革面

至理名言

最正確、最有價值的話。

例：這本人物傳記裏有好多至理名
言，讀後很能發人深省。

近 金言玉語　　反 不經之談

舌劍脣槍

形容辯論時言辭犀利，針鋒相對。

例：辯論會上，雙方經過一番舌劍脣槍，形勢漸漸明朗。

⊠ 脣槍舌劍

色厲內荏

外貌剛強，內心怯懦。

例：別看他氣勢洶洶，其實色厲內荏，我們不用怕他！

血口噴人

用惡毒的話誣枉他人。

例：這事完全與我無關，你別血口噴人！

㊄ 惡語中傷

行之有效

實行某一方法很有成效。

例：經驗證明，背誦是學習古詩文行之有效的好方法。

衣冠禽獸

比喻行為像禽獸一樣的人。

例：連這種不顧廉恥的事你都做得出，簡直是衣冠禽獸。

㊄ 人面獸心

衣冠楚楚

穿戴得整齊、漂亮。

例：事後我們才知道，宴會上那些衣冠楚楚的賓客，都是警員假扮的。

㊃ 不修邊幅、衣衫襤褸

衣錦榮歸

富貴之後返回故鄉。

例：他從前在鄉下窮得一文不名，如今衣錦榮歸，可以吐氣揚眉了。

⊠ 衣錦還鄉

【七畫】

低首下心

屈服於權威，低聲下氣。

例：他怕被老闆解僱，只有低首下心地幹活，不敢怠惰。

㊄ 低聲下氣

㊃ 趾高氣揚、高視闊步

何去何從

指在重大問題上的抉擇。

例：畢業之後何去何從，是升學還是就業至今我還是舉棋不定。

佛口蛇心

比喻嘴上說得好聽，心地極其狠毒。

例：他這個人佛口蛇心，早就存心要把你往火坑裏推呢！

近 人面獸心、口蜜腹劍

作繭自縛

比喻自己使自己陷於困境。

例：他老是與人作對，結果反而作繭自縛，大家都不理他了。

近 作法自斃、自作自受

作威作福

指濫用權勢，橫行霸道。

例：身居高位，濫用職權作威作福的官員，民眾是不歡迎的。

近 橫行無忌

克勤克儉

既能勤勞，又能節儉。

例：他的收入不多，但一向克勤克儉，吃用之外還有些儲蓄。

近 艱苦樸素　反 揮霍無度

兵荒馬亂

形容戰時的混亂狀態。

例：他們一家人在兵荒馬亂的年代失散了，至今還不知女兒的下落。

反 天下太平

冷嘲熱諷

尖刻辛辣的嘲笑和諷刺。

例：他功課不好，我們不應對他冷嘲熱諷，而應該耐心幫助他。

近 冷言冷語　反 噓寒問暖

利令智昏

為貪圖某種利益而喪失理智。

例：他們眼裏只有錢，結果利令智昏，居然幹起販毒的勾當來。

近 利欲熏心、見利忘義

初出茅廬

比喻初入社會，缺乏經驗。

例：你雖然大學畢業，但初出茅廬欠缺經驗，要多向老同事學習。

近 初生之犢　反 久經世故

刪繁就簡

刪除繁雜內容，使之簡明。

例：限於篇幅，本書的解釋和舉例都只能刪繁就簡。

反 連篇累牘

判若兩人

形容一個人改變很大，就像變成另一個人。

例：李小明化完妝，變成了老翁，前後判若兩人。

反 依然如故

別出心裁

想出與眾不同的新主意。

例:經過他一番別出心裁的佈置,客廳顯得更加寬敞和大方。

近 獨出心裁、匠心獨運

反 依法炮製

別開生面

別創新的局面、格式。

例:他們用中式樂器演奏西方樂曲,真是別開生面,令人耳目一新。

近 獨創一格　　反 因循守舊

助人為樂

把幫助別人作為樂事。

例:如果大家都能發揚「助人為樂」的精神,這個世界一定會美好得多。

含血噴人

喻捏造事實,誣賴好人。

例:你怎麼可以含血噴人,把自家幹的壞事倒栽到我頭上來呢?

含沙射影

比喻暗中攻擊或陷害人。

例:看了某報對他含沙射影的惡意攻擊,那位議員只是一笑置之。

近 指桑罵槐

含情脈脈

默默地用眼神傳情。

例:表姊一言不發,只是含情脈脈地看着她的男朋友。

反 脈脈含情

含糊其辭

故意把話說得含糊不清。

例:老師問他為什麼常常曠課,他始終含糊其辭,不肯正面回答。

近 支吾其辭

吹毛求疵

有意挑剔別人的小缺點。

例:同學之間,應該互相謙讓,不要在細小問題上吹毛求疵。

呆如木雞

形容吃驚發楞。

例:那些頑匪得知他們的匪首也已落網,當即呆如木雞。

反 矯若游龍

囤積居奇

把商品囤積起來,等待高價出賣。

例:富商囤積居奇,任意哄抬物價,吃虧的總是消費者。

囫圇吞棗

喻不分析思考就接受。

例： 學什麼知識都要深入思考，求得
徹底瞭解，決不能囫圇吞棗。

反 着意推敲

坎坷不平

指道路不平坦，引伸為前進的
道路上有很多困難。

例： 這條路坎坷不平，所以車子顛簸
得厲害。

近 荊棘塞途

坐井觀天

比喻見識少，眼界狹小。

例： 雖然他的見識少，但是你也不應
該老是以「坐井觀天」譏刺他。

近 井蛙之見、管中窺豹

反 見聞廣博

坐立不安

形容憂懼或心神煩躁。

例： 錄取名單快公佈了，他整天坐立
不安，心裏很緊張。

近 寢食不安　　反 泰然自若

坐失良機

白白地失去一次大好機會。

例： 這一次，我們一定要千方百計爭
取到主辦權，再也不能坐失良
機。

坐吃山空

只吃不做，山一般的財產也會
吃光。

例： 你的積蓄不多，若不去工作，就
會坐吃山空。

反 坐吃山崩

坐言起行

說了就做。

例： 與其空口指責，不如大家坐言起
行，都來替學生們做點有益的
事。

坐享其成

不出力而享受別人的勞動成果。

例： 家裏的事我們大家都分擔着做，
沒有人願意坐享其成。

近 不勞而獲

坐視不救

別人有危難，在一旁看而不加
以援助。

例： 你是他的好朋友，他有了困難，
你就不應該坐視不救。

近 作壁上觀、袖手旁觀

反 捨己救人

壯志凌雲

形容理想宏遠偉大。

例： 在逆境中他並不消沉，而依然壯志凌雲，奮鬥不息。

近 凌雲壯志、雄心壯志

妙手回春

稱讚醫生的醫術能起死回生。

例： 診所大堂掛滿了寫着諸如「妙手回春」、「華佗再世」的匾額。

近 起死回生

妙語如珠

形容佳妙的話語很多。

例： 兩位司儀都是喜劇演員出身，妙語如珠，引起臺下陣陣哄笑。

近 妙語解頤

妙趣橫生

形容話語等洋溢着美妙的風趣。

例： 這部喜劇片妙趣橫生，笑料又不至太過低俗。

反 平淡無奇

孜孜不倦

勤勤懇懇，不知疲勞。

例： 他雖已年邁，每天還孜孜不倦地學習英文。

近 鍥而不捨　　反 好逸惡勞

妖言惑眾

以邪說迷惑羣眾。

例： 這些江湖術士妖言惑眾，目的無非都是為了詐財。

岌岌可危

形容非常危險。

例： 屋裏滿是火，情況岌岌可危，他裹着一條濕毯子，才衝出了屋子。

近 危如累卵
反 轉危為安、安如泰山

弄巧成拙

原想賣弄聰明，反而做了蠢事。

例： 我原想和父親開開玩笑，結果弄巧成拙，反被訓了一頓。

近 畫蛇添足

弄假成真

本想假做，竟成真事。

例： 他倆起先在鬧着玩，誰知後來弄假成真，吵了起來。

近 戲假情真

忍俊不禁

忍不住要發笑。

例： 看到這個五歲的小孩裝出一副大人相，真令人忍俊不禁。

反 怒不可遏

忍氣吞聲

有顧忌，受到欺侮也不敢反抗。

例：他因為寄人籬下，萬事只好忍氣
吞聲了。

反 不平則鳴

忍無可忍

再也忍受不下去了。

例：由於老闆長期拖欠工資，工人終
於忍無可忍，這才鬧出這次工
潮。

志同道合

雙方志願相同，信仰相合。

例：他們是一對志同道合的好朋友，
做什麼事都齊心協力。

反 道合志同　　**近** 志趣相投

忘年之交

年齡不相當的人，結交為好朋
友。

例：小華和王老伯都愛下棋，他們結
為忘年之交，常在一起對弈。

戒驕戒躁

警惕自己產生驕傲、急躁的情
緒。

例：班主任勉勵我們要戒驕戒躁，永
遠保持謙虛進取的精神。

反 驕傲自滿

成人之美

成全別人的好事。

例：撮合姻緣這種成人之美的大好
事，張太太最是樂意做的。

反 成人之惡

成家立業

指建立家庭，有職業，能獨立
生活。

例：他遠離故國十多年，已在海外成
家立業，有所建樹。

成羣結隊

結成一羣一伙。

例：夏天一到，人們經常成羣結隊地
到海邊去游泳。

反 單槍匹馬

我行我素

不管人家議論，仍按自己平素
的做法行事。

例：她生性不羈，我行我素，從不理
會旁人如何看她。

扶老攜幼

形容民眾全體出動。

例：賽龍舟的那天，好多人都扶老攜
幼，出來觀看。

近 攜兒帶女

抑揚頓挫

形容音調的和諧、優美、有節奏。

例：那人朗誦詩詞，語調抑揚頓挫，十分動聽。

反 平淡無奇

投井下石

比喻乘人危難之時去打擊他。

例：她病了，你還氣她，不是投井下石麼？

反 落井下石、下井投石

投其所好

迎合別人心中的愛好。

例：相命先生見他愛吹牛，便投其所好，讚他命好，注定大富大貴。

近 刻意逢迎

投鼠忌器

想打擊對方，又有所顧忌。

例：警員因為投鼠忌器，怕傷害市民，不敢向混在人羣中的匪徒開槍。

反 無所顧忌、肆無忌憚

投機取巧

指不付出艱苦勞動，靠小聰明達到目的。

例：靠投機取巧，是學不到真正的學問的。

反 腳踏實地

抛頭露面

泛稱人在公開場合露面。

例：古時候，婦女在大庭廣眾之下抛頭露面，被認為是件羞恥的事。

近 出頭露面

改邪歸正

改正錯誤，回到正路上來。

例：那孩子雖然誤入歧途，但只要今後能改邪歸正，還是有出息的。

近 改過自新　　**反** 執迷不悟

改弦易轍

比喻變更方法或態度。

例：他明白這樣下去會虧盡本錢，便改弦易轍，經營別的買賣。

近 改弦更張　　**反** 矢志不渝

改頭換面

比喻只換形式，不變內容。

例：有些商人往往把滯銷貨改頭換面，貼上新商標，就當新產品推出。

杜門謝客

謝絕賓客。

例：陳先生病了，陳太太杜門謝客，好讓他靜心休養。

反 倒屣相迎

杞人憂天

比喻不必要的憂慮。

例：如此堅固的大樓，你都害怕會被
風颳倒，簡直是杞人憂天了。

反 樂以忘憂

束之高閣

比喻擱在一邊不用。

例：他考入大學後，因為功課太忙，
只好把心愛的小提琴束之高閣。

反 付諸實行

束手無策

找不到絲毫解決的辦法。

例：什麼重活髒活我都幹得來，可是
要我照看嬰孩，我真是束手無策。

近 手足無措　　**反** 胸有成竹

束手待斃

無計可行，只有等死。

例：敵人已兵臨城下，不抵抗就只能
是束手待斃。

近 坐以待斃　　**反** 死裏求生

步人後塵

比喻追隨、模仿別人，不去創
新。

例：學畫畫不能一味地步人後塵，要
敢於創新。

近 亦步亦趨　　**反** 不斷創新

每況愈下

形容情況愈來愈糟。

例：自從學生會改組之後，會務每況
愈下。

原 每下愈況

近 江河日下　　**反** 蒸蒸日上

沁人心脾

形容非常爽快舒適。

例：窗前的水仙花飄來陣陣幽香，沁
人心脾。

近 令人心醉　　**反** 令人作嘔

沉吟不決

心中遲疑，難以決斷。

例：他聽了幾個人的不同建議，沉吟
不決。

近 猶豫不決　　**反** 斬釘截鐵

沉冤莫白

長期得不到伸雪的冤案。

例：她被人誣害，沉冤莫白，至死也
不肯瞑目。

又 含冤莫白　　**反** 沉冤得雪

沉默寡言

很少說話。

例：沉默寡言的人是不適合做商品推
銷員的。

近 沉靜寡言
反 喋喋不休、口若懸河

沒沒無聞

沒有名聲，不為人知。

例：李豐進入娛樂圈十幾年，至今仍然沒沒無聞。

近 寂寂無聞、籍籍無名

反 大名鼎鼎

沒精打采

形容精神不振作。

例：他因為考試不及格，整天沒精打采，連飯也不想吃了。

又 無精打采

近 垂頭喪氣　　反 神采奕奕

肝腸寸斷

形容極度傷心。

例：丈夫在車禍中喪生的消息，令她肝腸寸斷，痛不欲生。

近 悲痛欲絕、心如刀割

肝膽相照

真心相見，含有忠誠爽直的意思。

例：你是我肝膽相照的知心摯友，難道對你還有所隱瞞嗎？

近 推心置腹　　反 爾虞我詐

良莠不齊

比喻好的壞的都有。

例：一個班級的學生總是良莠不齊，做老師的就應該因材施教才是。

近 龍蛇混雜、薰蕕同器

良藥苦口

比喻尖銳的批評聽了不舒服，但有益。

例：他的話是重了些，但良藥苦口，他是為你好。

近 忠言逆耳

芒刺在背

比喻有所憂懼而坐立不安。

例：老師的批評雖不指名，但犯錯的同學已如芒刺在背，坐立不安了。

近 坐立不安、如坐針氈

見仁見智

各人見解不同的意思。

例：學文科好還是學理科好，這是個見仁見智的問題。

原 仁者見仁，智者見智

反 異口同聲

見死不救

看見人家有急難而不去救援。

例：既然看到路邊有人躺在血泊中，我們當然不能見死不救。

近 坐視不救　　反 助人為樂

見異思遷

意志不堅定，喜愛不專一。

例：他鋼琴沒學會，見異思遷，又改學提琴，結果一樣也學不成。

近 喜新厭舊　　反 矢志不移

見義勇為

見到正義的事就勇敢去做。

例：他奮不顧身地救了溺水的孩子，
這種見義勇為的精神令人感動。

近 當仁不讓　　反 見利忘義

見微知著

見點苗頭就知將來的發展。

例：瓦特從蒸汽向上冒掀動壺蓋的現
象，見微知著，終於發明了蒸汽
機。

近 葉落知秋

見機行事

看情況辦事。

例：今晚的行動目的只是偵察，各位
要見機行事，切勿打草驚蛇。

近 隨機應變、通權達變

言不由衷

指說的不是心裏話。

例：我當時那樣說，礙於情勢，實是
言不由衷，你千萬不要見怪。

近 口不應心　　反 肺腑之言

言外之意

指本意沒有明說出來。

例：她一直說自己身體不好，言外之
意，就是不願參加我們的活動。

近 弦外之音

言傳身教

既以言教又以自己行動作榜樣。

例：趙師傅敬業樂業，帶徒弟言傳身
教，深受同行人士的敬重。

近 以身作則

言簡意賅

言語簡練而意思概括。

例：這篇文章言簡意賅、深入淺出，
很值得一讀。

近 一語破的

反 長篇大論、連篇累牘

言過其實

說話誇張，與事實不符。

例：她不過反應慢些，你說她笨透了，
這未免言過其實了吧！

反 恰如其分

言歸於好

指重新和好。

例：我和他雖然吵過，但不久就言歸
於好了。

近 重修舊好、握手言和

赤手空拳

兩手空空，一無所有。

例：他赤手空拳，竟然用計制服了兩
個荷槍的敵人，真是了不起！

近 手無寸鐵　　反 披堅執銳

赤貧如洗
仿佛洗過似的一無所有。

例：當年父親失業，母親生病住院，家中赤貧如洗。

近 家徒四壁　　反 金玉滿堂

走火入魔
形容過分沉溺於某事以致心智受到摧殘。

例：他對神佛的迷信已經到了走火入魔的地步。

反 適可而止

走投無路
無路可走，已到絕境。

例：警察從四周包圍逼近，那劫匪走投無路，終於束手就擒。

反 左右逢源

走馬看花
比喻匆忙，沒仔細觀察。

例：昨天我去看展覽會，沒時間細看，只是走馬看花地兜了一圈。

又 走馬觀花

足不出戶
腳不跨出家門。

例：外婆年紀大了，雖然足不出戶，但在家看電視，也知外間事。

近 株守家園　　反 萍蹤浪跡

足智多謀
智慧豐富。

例：你們還是去找我哥哥商量吧，他足智多謀，定會出些好主意。

近 多謀善斷　　反 愚昧無知

身不由己
由不得自己作主。

例：他什麼都得聽經理的，身不由己，你千萬別怪罪他。

近 不由自主　　反 自由自在

身敗名裂
喪失了身家名譽。

例：他沉緬於酒色中，不僅耗盡了家產，而且搞得身敗名裂。

近 聲名狼藉　　反 功成名就

身強力壯
形容身體很健壯。

例：那些小伙子身強力壯，就叫他們來幫忙搬東西吧！

近 氣壯如牛　　反 弱不禁風

身體力行
親身體驗，努力去做。

例：母親從小教我們要克勤克儉，而且她身體力行，從不亂花一塊錢。

反 言行不一

車水馬龍

形容車輛往來眾多的意思。

例：這是個熱鬧的市區，整天車水馬龍，川流不息。

迂迴曲折

彎彎曲曲，繞來繞去。

例：這個長廊迂迴曲折，一直通往屋後的花園。

反 直截了當

防不勝防

敵害太多，防備不過來。

例：近年來，盜賊多如牛毛，令人防不勝防。

防患未然

在事故發生之前就加以防止。

例：時近歲晚，罪案日多，我們要加強大廈護衛，防患未然。

反 亡羊補牢

【八畫】

並駕齊驅

比喻並肩前進，不分高下。

例：經過刻苦努力，現在我的學習成績已和班上的優秀生並駕齊驅了。

近 齊頭並進

事不宜遲

事情要抓緊時間辦理，不宜拖延。

例：事不宜遲，我們要趕在天黑之前離開這個峽谷。

近 迫不及待、刻不容緩

事半功倍

形容費力小而收效大。

例：這件事請陳玲玲去向校長說項，一定事半功倍。

反 事倍功半

事在人為

事情是靠人去做的。

例：事在人為，只要你好好幹，一定可以做出一番事業來的。

反 成事在天

事倍功半

形容工作效率低，費力大，收穫小。

例：做事不講究方法，再努力也只能是事倍功半，收效極微。

反 事半功倍

事過境遷

事情過去了，環境也改變了。

例：三年前他不辭而別，我很傷心，如今事過境遷，我也淡忘了。

反 時過境遷　近 時移事易

事與願違

事實與願望相反。

例：我本想約小文一起去游水，不料事與願違，她剛巧出遠門去了。

反 事事如意

依依不捨

捨不得離開。

例：畢業典禮那天，同學們想到就要離別，一個個都感到依依不捨。

近 戀戀不捨

依然如故

依舊和過去一樣。

例：二十年後他重返家鄉，發現家鄉的山水和農舍依然如故。

反 日新月異

兩全其美

做事圓滿地顧及兩方面。

例：陳君資金充足，張君頭腦靈活，撮合他們做生意，正是兩全其美。

近 兩者兼顧　　反 顧此失彼

兩相情願

雙方都願意。

例：買賣是兩相情願的事，怎麼能説是人家強迫你買的呢？

又 兩廂情願　　反 一廂情願

兩袖清風

比喻做官公正廉潔。

例：老百姓至今仍懷念第一任省長，他在任十年，離職時仍是兩袖清風。

反 貪賄無藝

兔死狐悲

比喻為同類的不幸而悲戚。

例：那些流氓看到同伙被打死了，不免兔死狐悲，一個個哭喪着臉。

近 物傷其類

刮目相看

改變舊看法，用新眼光看人。

例：想不到這一年來他的進步如此神速，真該刮目相看了。

又 刮目相待

刻不容緩

片刻也不容耽擱。

例：這個案件人命攸關，要立即處理，刻不容緩。

近 急如星火　　反 從容不迫

刻骨銘心

比喻感恩極深，永遠不忘。

例：對於與小真的一段友情，大哥始終刻骨銘心，永難忘懷。

又 銘心刻骨
近 鏤骨銘心　　反 忘恩負義

卑鄙無恥

品行惡劣，不知廉恥。

例：想不到他這麼卑鄙無恥，借了錢不還，反誣告我向他勒索。

反 高風亮節

取長補短

拿這個的長處來補那個的短處。

例：你們姊弟倆各有優缺點，要是能互相取長補短就好了。

受寵若驚

受到過分的寵愛，感到又驚又喜。

例：校長如此稱讚我，未免使我有點受寵若驚。

原 被寵若驚　　**反** 寵辱不驚

周而復始

指去而復來，循環不斷。

例：世間的事就有如日出日落，寒來暑往這麼周而復始的。

近 循環往復

味如嚼蠟

形容說的話或做的文章枯燥無味。

例：閱讀這種廢話連篇的文章，簡直味如嚼蠟。

又 味同嚼蠟

近 索然無味　　**反** 津津有味

咄咄怪事

形容令人驚訝的怪事。

例：執法者知法犯法，法庭審理又不了了之，這豈非咄咄怪事？

咄咄逼人

形容氣勢洶洶的樣子。

例：有話好好說，不要咄咄逼人，令人生畏。

近 盛氣凌人、氣勢洶洶

和顏悅色

形容態度十分和氣。

例：她待人總是和顏悅色，從來不生氣，大家都喜歡親近她。

近 和藹可親　　**反** 兇相畢露

垂涎欲滴

形容貪饞的樣子。

例：大熱天看到飽含水分的西瓜，人人都會垂涎欲滴。

近 垂涎三尺

垂頭喪氣

形容委靡不振的樣子。

例：他看到自己榜上無名，就垂頭喪氣地回家了。

近 沒精打采　　**反** 神采奕奕

夜不閉戶

形容社會治安良好。

例：所謂路不拾遺、夜不閉戶的美好
社會，在歷史上實際未曾有過。

近 路不拾遺

夜長夢多

比喻時間拖久了，事情可能發
生變化。

例：要辦的事情馬上辦，免得夜長夢
多，出問題。

夜郎自大

比喻妄自尊大。

例：一個小小的機構，自以為在同行
裏舉足輕重，真的是夜郎自大。

近 妄自尊大

夜闌人靜

夜已深，人已靜。

例：已經是夜闌人靜了，他還在燈下
用功。

近 夜深人靜、更深夜靜

奄奄一息

離死只差一口氣。

例：等到眾人把他從水裏救起來，他
已經奄奄一息了。

近 氣息奄奄、危在旦夕

反 生龍活虎

姍姍來遲

慢騰騰地來晚了。

例：你怎麼姍姍來遲，讓大家等得發
急。

反 捷足先登

姑息養奸

過分寬容而助長壞人壞事。

例：對壞人採取姑息養奸的態度，就
等於慫恿他們繼續幹壞事。

近 養癰遺患

委曲求全

勉強遷就，以求成全。

例：他辦事很講原則，對的一定要堅
持到底，決不委曲求全。

委靡不振

沒精打采，精神不振作。

例：你怎麼精神如此委靡不振，是不
是生病了？

又 萎靡不振　　反 生氣勃勃

孤注一擲

比喻使出全部力量，作最後一
次冒險。

例：他把所有財產孤注一擲炒樓，結
果全部蝕光。

孤芳自賞

比喻自命清高或自命不凡。

例：因為他老是孤芳自賞，很少有人願意與他交朋友。

近 自命清高、自命不凡

反 自慚形穢

孤苦伶仃

孤獨困苦，無依無靠。

例：他十六歲便失去了雙親，一直過着孤苦伶仃的生活。

又 伶仃孤苦

近 形影相吊、形單影隻

孤掌難鳴

比喻一個人力量小，難於成事。

例：所謂孤掌難鳴，要不是大家幫助，我一個人如何辦得成事？

近 單絲不線、一木難支

反 眾擎易舉

居心叵測

存心險惡，不可推測。

例：他這人詭計多端，居心叵測，與他共事，須多加提防才好。

反 光明正大

居高臨下

佔據高處，俯臨低處。

例：敵軍在山頭紮營，居高臨下，我軍處於不利的地位。

近 高屋建瓴

屈指可數

形容數目很少。

例：別看他長得瘦小，他可是我校屈指可數的足球健將呢！

近 寥若晨星

反 不可勝數、不勝枚舉

幸災樂禍

別人有了災禍反而高興。

例：別人有了困難，我們應該給予幫助，不應該幸災樂禍。

反 扶危濟困

弦外之音

比喻言外之意。

例：你聽不出他這番話的弦外之音嗎？他對某位管理人員有不滿。

近 言外之意

忠心耿耿

形容非常忠誠。

例：關羽對劉備忠心耿耿，曹操用高官厚祿籠絡他，他也不為所動。

反 包藏禍心、心懷叵測

忠言逆耳

好話不中聽的意思。

例：古人云：忠言逆耳。如果把忠言說得順耳些，豈不更好？

近 苦口婆心、良藥苦口

反 口蜜腹劍

怏怏不樂

心中鬱悶，很不快活。

例：怪不得看你成天怏怏不樂，原來是想家了。

近 鬱鬱寡歡

反 眉開眼笑、心花怒放

怙惡不悛

一貫作惡，不肯悔改。

例：這個怙惡不悛的匪徒終於受到法律制裁，老百姓無不拍手稱快。

近 死不敢悔　反 痛改前非

怡然自得

安適愉快，自覺得意。

例：看到弟弟那副怡然自得的樣子，我就知道他一定是考到了好成績。

近 心曠神怡

反 心慌意亂、心神不寧

怵目驚心

看到某種慘狀而震驚。

例：看到那樁人壓死人慘劇的新聞報道，大家都感到怵目驚心。

近 驚心動魄、觸目驚心

所向披靡

比喻力量達到之處，一切阻礙全被掃除。

例：這支軍隊勇敢善戰，所向披靡，無往不勝。

近 所向無敵

反 潰不成軍、不堪一擊

抱頭鼠竄

形容人狼狽逃跑的樣子。

例：那些非法聚賭的人，一聽說警察巡查，立即抱頭鼠竄。

披肝瀝膽

比喻以真誠待人。

例：他倆初交已成知己，披肝瀝膽，談得十分投機。

近 肝膽相照、推心置腹

反 爾虞我詐

披星戴月

形容早出晚歸或徹夜奔波。

例：這幾個星期披星戴月的風塵奔波，已經使得他筋疲力盡了。

原 戴月披星

近 奔波勞碌、起早摸黑

披荊斬棘

斬除荊棘，開闢前路。

例：沒有先輩的披荊斬棘，艱苦創業，就沒有今日的「東方之珠」。

近 排除萬難

拂袖而去

表示動了氣，不願再停留下去。

例：鄭先生見主人有意冷落他，便拂袖而去。

又 拂衣而去

近 揚長而去、不歡而散

拍案叫絕

形容非常讚賞。

例：這部推理小說的情節安排得十分曲折巧妙，令人拍案叫絕。

近 嘆為觀止　　反 嗤之以鼻

拔苗助長

比喻不顧事物發展規律而弄巧成拙。

例：不要教小孩太多的東西，否則拔苗助長，反而壞事。

原 揠苗助長

近 急於求成　　反 按部就班

拖泥帶水

比喻辦事、說話不乾脆。

例：他為人爽快，做事乾脆，從不拖泥帶水。

反 乾淨利落

招搖撞騙

假借他人名望、聲勢，四處行騙。

例：這個自稱能知過去未來的江湖術士，到處招搖撞騙。

放虎歸山

比喻放走敵人，留下後患。

例：放走了那個歹徒，豈不是等於放虎歸山，讓他重新作惡嗎？

近 縱虎歸山　　反 調虎離山

放蕩不羈

行動放縱，不受約束。

例：我不贊成你跟他這種放蕩不羈的人交朋友。

反 謹言慎行

昏天黑地

形容周圍非常昏暗。

例：突然間變得昏天黑地的，就要下大雨了，我們匆匆下山趕回家去。

近 暗無天日　　反 青天白日

明火執仗

形容毫無顧忌地幹壞事。

例：那班亡命之徒，居然明火執仗地在大街上搶劫。

又 明火執杖

明日黃花

比喻過時的東西。

例：此事已成明日黃花，不用提了，我們還是考慮今後的事吧！

近 事過境遷　　反 當時得令

明目張膽

形容無所顧忌，大膽妄為。

例：那個歹徒竟然明目張膽地在大街上搶劫，結果被警察抓住了。

近 肆無忌憚　　反 偷偷摸摸

明知故犯

明知不對，而故意違背。

例： 老師告誡過我們不要亂拋垃圾，你卻明知故犯，太不應該了！

近 知法犯法

明察秋毫

很小的事情都看得清楚。

例： 顧經理明察秋毫，對公司這次發生的意外事故已經瞭解得十分清楚。

反 不見輿薪

東山再起

比喻失敗後又積聚力量再幹。

例： 這位退隱了多年的政界人物，如今又想東山再起。

近 重整旗鼓、捲土重來
反 銷聲匿跡

東施效顰

比喻仿效不像，反增其醜。

例： 不顧自身的條件而盲目地去模仿他人，結果只能是東施效顰。

近 弄巧成拙

東奔西走

形容四處奔波，十分忙碌。

例： 他中學畢業後，為了幫助家庭維持生計，東奔西走去應徵工作。

反 足不出戶

東窗事發

所犯的罪行被揭發了。

例： 他長期販賣毒品，終於東窗事發，被警方拘捕了。

易如反掌

比喻事情極容易辦成。

例： 他是個英語教師，叫他為你寫封英文信，應該是易如反掌的事。

近 輕而易舉　　反 難若登天

杯弓蛇影

比喻疑神疑鬼，妄自驚擾。

例： 他家一連失竊了二次，弄得他杯弓蛇影，連睡覺也不安穩。

近 草木皆兵、風聲鶴唳

杯水車薪

比喻力量太小，解決不了問題。

例： 雖然已盡了力，但我們的救濟比起難民之需仍是杯水車薪。

近 無濟於事　　反 集腋成裘

枉費心機

白費心思。

例： 你要取消這次派對，那麼我們辛辛苦苦的籌備豈不是枉費心機？

原 枉用心機

欣欣向榮

原形容草木長得茂盛。比喻事業蓬勃發展。

例：戰後，這個城市出現了欣欣向榮的氣象。

⟨近⟩繁榮昌盛　⟨反⟩一蹶不振

油腔滑調

形容說話輕浮。

例：他的心地還算善良，就是有點油腔滑調、信口開河的惡習。

沽名釣譽

賺取名譽。

例：他捐款給慈善機構，不是為了沽名釣譽，而是誠心幫助窮苦人。

⟨⊗⟩沽名吊譽

沾沾自喜

形容得意、自滿的樣子。

例：你得了 80 分就沾沾自喜，那麼你以後怎麼會進步呢？

⟨近⟩洋洋自得

泣不成聲

形容極為悲傷。

例：聽到母親去世的消息後，她撲倒在牀上，泣不成聲。

⟨近⟩悲不自勝　⟨反⟩捧腹大笑

爭先恐後

爭着往前，惟恐落後。

例：聽說學校組織露營活動，學生們都爭先恐後地報名參加。

⟨近⟩趨之若鶩、蜂擁而至

物以類聚

比喻同類的人相互接近。

例：俗語道：物以類聚。他自從染上毒癮，便常跟一班癮君子廝混。

⟨近⟩人以羣分

狐假虎威

比喻憑借別人的權勢作威作福。

例：他仗着父親的權勢，狐假虎威地到處欺負人。

⟨近⟩恃勢凌人、仗勢欺人

狐羣狗黨

比喻勾結在一起的壞人。

例：王七和他的那伙狐羣狗黨，因為搶劫金舖被警方抓了起來。

⟨近⟩朋比為奸

狗急跳牆

比喻壞人在走投無路時會不擇手段地蠻幹。

例：你不要逼得他太緊，當心他「狗急跳牆」啊！

知己知彼

對對方和自己的情況都很瞭解。

例：打仗要知己知彼，才能百戰百勝。

知書識禮

形容人有教養。

例：李先生知書識禮，一向平易近人，大家都很喜歡他。

反 知書達禮

空中樓閣

比喻脫離實際的理論或虛構的事物。

例：你的計劃完全脫離實際，只不過是空中樓閣罷了。

近 海市蜃樓

空前絕後

超絕古今的意思。

例：你自以為你的那首詩是空前絕後之作，未免太自負了吧！

近 超羣絕倫　　反 比比皆是

空洞無物

形容內容空無一物。

例：這幾首古體詩技巧不錯，只可惜內容空洞無物。

空頭支票

比喻不能兌現的諾言。

例：他在競選時對選民許下的諾言，後來被證實只是一些空頭支票。

花天酒地

形容終日迷戀酒色，生活荒淫腐化。

例：他過着花天酒地的生活，不到幾年，就把錢花完了。

近 紙醉金迷　　反 艱苦樸素

花言巧語

指巧妙動聽的騙人話。

例：你的花言巧語我已聽夠了，我再不會上你的當了。

近 鼓舌如簧、甜言蜜語

花枝招展

喻女人打扮得很漂亮。

例：她打扮得這麼花枝招展，準是去參加什麼舞會出風頭了。

近 濃裝艷抹

虎視眈眈

形容惡狠狠地盯着。

例：那個惡霸對他家的古董早已虎視眈眈，處心積慮地想據為己有。

虎頭蛇尾

比喻辦事前面認真，後面馬虎。

例：我們做事要有始有終，不能虎頭蛇尾。

近 有始無終　　反 貫徹始終

迎刃而解

比喻事情的順利解決。

例：李先生辦事能力強，只要他經手，什麼棘手的事都能迎刃而解。

反 荊棘載途、無能為力

金玉良言

比喻非常寶貴的忠言。

例：您信中的教導，句句都是金玉良言，我一一銘記在心。

又 金玉之言　　反 不經之談

金碧輝煌

裝飾華揚，光彩耀眼的樣子。

例：這座宮殿被重新裝修得金碧輝煌，吸引了不少遊人。

長此以往

老是這樣下去。

例：這種不良的校風日甚一日，長此以往，學校將不像學校了！

長吁短嘆

長一聲短一聲地不住嘆息。

例：碰到了困難，長吁短嘆是沒有用的，應想辦法去克服。

原 短嘆長吁

長年累月

長時間的意思。

例：經過大家長年累月的辛勤勞動，這片荒地終於變成了果園。

近 成年累月　　反 一朝一夕

長袖善舞

比喻做事有所憑藉，容易成功。

例：周某人長袖善舞，不用幾年便成為有財有勢的人物。

近 多財善賈

長篇大論

言論滔滔不絕。

例：他的長篇大論空洞無物，使人聽了昏昏欲睡。

近 連篇累牘　　反 言簡意賅

長驅直入

形容行動順利無阻。

例：我軍長驅直入，所向披靡，不出數月，就收復了大片失地。

近 勢如破竹

反 寸步難行、步步為營

門可羅雀

形容門前很少人來往,十分冷落。

例:自從他破產之後,很少客人到訪, 門可羅雀。

近 門庭冷落

反 戶限為穿、門庭若市

門庭若市

形容前來的人很多,門庭像市 場一樣。

例:唐先生一當上官,前來拜謁的人 很多,門庭若市。

近 戶限為穿

反 門可羅雀、門庭冷落

阿諛逢迎

刻意巴結、討好人家。

例:他經常對上司阿諛逢迎,我們都 看不慣他。

近 阿諛諂媚　　反 守正不阿

雨後春笋

比喻新事物又多又快地湧現。

例:自從旅遊業興旺後,此地的旅館 像雨後春笋般地湧現了。

青出於藍

比喻學生的能力超過了老師。

例:他是個徒弟,但手藝卻超過了師 傅,真是青出於藍而勝於藍。

近 冰寒於水、後來居上

反 每況愈下

青紅皂白

比喻事情的情由或是非曲直。

例:媽媽看到弟弟摔傷了腿,就不分 青紅皂白地把我們罵了一通。

近 是非曲直

青梅竹馬

比喻男女兒童一起玩耍,天真 無邪。

例:兒時的青梅竹馬,在他心裏留下 了美好的回憶。

近 兩小無猜

青雲直上

比喻人的官運亨通,直升高位。

例:李先生自從留學回來之後,青雲 直上,如今已是總經理。

近 平步青雲　　反 一落千丈

非同小可

形容很不平常或很嚴重。

例:這次電腦程式出錯,給銀行造成 的損失非同小可。

反 不足掛齒

非親非故

指彼此沒有關係。

例:我和他非親非故,怎麼好意思去 打擾人家呢?

反 沾親帶故

來日方長

將來的日子長着呢。表示將來還有機會。

例：你何必為考試的一次失敗而灰心呢？來日方長，機會有的是！

反 去日苦多

【九畫】

亭亭玉立

形容體態修長的美女或挺拔秀麗的花木。

例：兩年不見，他的女兒已長成亭亭玉立的姑娘了。

侷促不安

舉止拘束，心裏不安。

例：她出席這樣大型豪華的酒會還是第一次，難怪她如此侷促不安。

又 跼蹐不安

反 顧盼自如、無拘無束

促膝談心

靠近坐着談心裏的話。

例：經過了一夜的促膝談心，我跟他的友誼又增進了一大步。

信口開河

隨便亂說的意思。

例：指責別人要有事實根據，不要信口開河。

又 信口開合

反 三緘其口、言必有中

削足適履

比喻不合理地遷就或湊合。

例：專欄文章有嚴格的字數限制，有時就難免要長話短說，削足適履。

前功盡棄

以前的努力完全白費。

例：地基突然下陷，使得已經施工了半年的樓宇建築前功盡棄。

近 全功盡棄、功虧一簣

反 大功告成

前車之鑒

比喻把前人的失敗作為自己的鑒戒。

例：你哥哥不讀書而吃盡了苦頭，前車之鑒，應引以為訓。

又 前車可鑒

近 覆車之鑒　　**反** 重蹈覆轍

前程萬里

形容前途遠大，不可限量。

例：你們出國深造是為了創造新的未來，我在此預祝你們前程萬里！

近 鵬程萬里、錦繡前程

勃然大怒

指突然間憤怒之極。

例：聽說弟弟被人無故打了，他不由
　　勃然大怒，立刻要去找那人說理。

近 勃然變色、佛然作色

反 笑逐顏開

南轅北轍

比喻行動與目的相反。

例：他所說的和我心裏所想的，簡直
　　是南轅北轍，相差甚遠。

近 背道而馳　　反 殊途同歸

厚顏無恥

臉皮厚，不知羞恥。

例：小說中那個漢奸賣國求榮，甘心
　　做傀儡，真是厚顏無恥。

近 恬不知恥

咫尺天涯

喻近在眼前，卻被隔離得像遠
在天涯。

例：他被關進了監牢，和他妻子咫尺
　　天涯，見不到面了。

咬文嚼字

比喻過分斟酌的字句。

例：學習課文應該深入領會文章的題
　　旨，不可過分咬文嚼字。

咬牙切齒

忿恨到極點的樣子。

例：她以為我向上司告了她的狀，所
　　以一見到我就咬牙切齒地大罵。

近 恨之入骨　　反 和顏悅色

奔走相告

指把重要的消息迅速傳告。

例：馬戲團來到了村裏，村裏的孩子
　　們都欣喜若狂，奔走相告。

姹紫嫣紅

形容各種嬌艷的花朵。

例：春天來了，公園裏的花開得一片
　　姹紫嫣紅，好看極了。

又 嫣紅姹紫　　近 萬紫千紅

威風凜凜

氣概威嚴，令人敬畏。

例：他穿上了軍裝，更顯得威風凜凜，
　　相貌堂堂。

近 雄姿英發

度日如年

形容在困苦的環境下日子不好
過。

例：在戰爭年代，老百姓度日如年，
　　生活異常困苦。

反 光陰似箭、日月如梭

形形色色

各色各樣。

例：公司裏面職工眾多，形形色色，難免良莠不齊。

近 各色各樣

形影不離

形容彼此關係親密，如影之隨形。

例：小娟和小蓮整天形影不離，左鄰右舍都笑她們像孿生姐妹。

近 出雙入對

卻之不恭

拒絕邀請或饋贈，未免失敬。

例：她那麼有誠意，我們覺得卻之不恭，只好接受了她的邀請。

近 情不可卻、盛情難卻

後生可畏

青年人是可敬畏的。

例：十二歲的小運動員居然能打破世界紀錄，真是後生可畏啊！

怒不可遏

胸中的憤怒無法抑制。

例：看到無辜的老人被人侮辱，他怒不可遏地站出來打抱不平。

反 樂不可支、欣喜若狂

怒髮衝冠

形容憤怒到極點。

例：眼看大好河山任由侵略軍的鐵蹄蹂躪，熱血青年怒髮衝冠。

近 怒不可遏

急中生智

在緊急關頭猛然想出辦法。

例：眼看那隻狼要追上來了，他急中生智，爬到樹上躲起來。

近 情急智生

急如星火

比喻非常急迫。

例：這項工程急如星火，容不得片刻延緩。

近 刻不容緩、十萬火急

急轉直下

形容情況一下轉變很快。

例：援兵到後，戰局急轉直下，敵軍節節敗退。

反 扶搖直上

怨天尤人

形容抱怨一切。

例：他沒考取大學，就在家裏大發脾氣，怨天尤人。

反 樂天安命

怨聲載道

形容怨恨的人很多。

例：由於連年的天災人禍，老百姓苦
　　不堪言，怨聲載道。

反 口碑載道、有口皆碑

恆河沙數

形容數量極多，無法計算。

例：這所大學已經有百年的歷史，培
　　養出來的專業人才多如恆河沙
　　數。

近 車載斗量　　反 鳳毛麟角

恍然大悟

一下子明白，覺悟過來。

例：經過一番解釋，我們這才恍然大
　　悟，明白了她經常遲到的原因。

近 豁然大悟　　反 百思莫解

恬不知恥

滿不在乎，不知羞恥。

例：他幹出此等傷風敗俗的醜事，還
　　恬不知恥地四處招搖。

反 恬然不恥　　近 厚顏無恥

恰到好處

辦事、說話到了最適當的地步。

例：你燒的菜，火候掌握得恰到好處，
　　真不愧是一位名廚師！

近 恰如其分

拭目以待

形容期望殷切。

例：這場比賽我們的校隊將會輕易取
　　勝，你不信？請拭目以待！

指日可待

不久就可以實現。

例：暑假快到了，我們去海邊度假的
　　日子已指日可待。

反 遙遙無期

指手畫腳

形容說話時放肆或得意忘形的
樣子。

例：你又不是負責人，憑什麼在這裏
　　指手畫腳地亂指揮？

反 指手劃腳　　近 比手畫腳

指桑罵槐

比喻指着張三罵李四。

例：你難道沒有聽出她是在指桑罵槐
　　嗎？

近 指雞罵狗、含沙射影

挑撥離間

挑撥是非，使人不和睦。

例：對於愛挑撥離間的人，我們還是
　　少接近為妙。

近 挑撥是非　　反 排難解紛

按部就班

指做事按照一定的條理，遵循一定的順序。

例：事情再多，也得按部就班來做才能做好。

近 循序漸進

挖肉補瘡

比喻只顧眼前，用有害的方法來救急。

例：靠借貸還債，無異挖肉補瘡，應量入為出才是。

原 剜肉補瘡　　近 飲鴆止渴

拾人牙慧

比喻襲用別人的言論。

例：這篇文章盡是拾人牙慧的詞句，不值得一看。

近 拾人涕唾　　反 真知灼見

拾金不昧

拾到財物，不據為己有，設法交還原主。

例：他拾金不昧的行為獲得了大家的稱讚。

故步自封

比喻墨守成規，不求進步。

例：我們不應該故步自封，應該多吸取先進的經驗，才能進步。

近 墨守成規　　反 革故鼎新

故態復萌

過去的老毛病又犯了。

例：他好不容易下決心戒了賭，可是不到兩個月，便又故態復萌了。

又 故智復萌

近 舊病復發　　反 洗心革面

春風滿面

滿臉得意的樣子。

例：瞧你春風滿面的樣子，一定是有什麼好消息了。

又 滿面春風

近 春風得意　　反 愁眉不展

枯燥無味

形容單調，沒有趣味。

例：蘇教授把枯燥無味的語言學，講得那麼精彩、生動、引人入勝。

近 興味索然

反 興趣盎然、津津有味

相依為命

互相依靠着生活，誰也離不開誰。

例：父親死後，母親和我相依為命，度過了最艱難的歲月。

反 相煎太急

相形見絀

相比之下，顯出不足之處。

例：雖然明明的成績還過得去，但和優等生一比，未免相形見絀。

近 相形失色　　反 相得益彰

相映成趣

相互對照映襯，顯得更有情趣。

例：那池中的游魚和水上的浮蓮相映成趣，簡直可以入畫呢！

近 相得益彰　　反 相形失色

相提並論

把不同的人或事放在一起。

例：論人品，自私的小李是無法和誠懇熱情的小張相提並論的。

近 同日而語

泰然自若

形容在情況緊急時依然十分鎮靜。

例：雖然身陷敵軍重圍，李將軍仍泰然自若，談笑風生。

近 處之泰然　　反 驚慌失措

洗心革面

比喻人的徹底改造。

例：這個走私犯服刑期滿，獲得釋放之後，決心洗心革面，重新做人。

近 迷途知返、改過自新
反 執迷不悟

洗耳恭聽

恭恭敬敬地聽別人講話。

例：你有什麼高明的見解，請講吧，我們一定洗耳恭聽。

反 充耳不聞、置若罔聞

津津有味

形容特別有興趣。

例：一提起昨夜那場足球賽，陳小寶便津津有味地說個不停。

近 饒有興味　　反 索然無味

津津樂道

很感興趣，講個不停。

例：體育運動往往是男同學津津樂道的話題。

洶湧澎湃

形容聲勢浩大，不可阻擋。

例：漲潮時，海水洶湧澎湃地向岸邊湧來。

近 波瀾壯闊

珍禽奇獸

珍奇的飛禽走獸。

例：這幅大型的蘇繡上，繡着許多珍禽奇獸，觀眾無不嘖嘖稱奇。

又 奇獸珍禽

甚囂塵上

形容消息普遍流傳，議論紛紜。

例：那樁案子十分離奇，報刊上的各種揣測甚囂塵上。

近 眾說紛紜、議論紛紛

畏首畏尾

形容做事膽小，顧慮多。

例： 做事畏首畏尾的人，往往難以勝任大事。

🔵 畏葸不前　　🔴 無所畏懼

眉飛色舞

形容非常高興、得意的神情。

例： 一提起旅遊的經歷，他就眉飛色舞，講個沒完沒了。

🔵 眉開眼笑、洋洋得意

🔴 愁眉苦臉

眉開眼笑

形容極其高興的樣子。

例： 小華生日那天，同伴們送來了許多禮物，他不由樂得眉開眼笑。

⊠ 眉花眼笑

🔵 眉飛色舞　　🔴 怒髮衝冠

秋毫無犯

形容軍紀嚴明或為人廉潔。

例： 大軍進城以後，紀律嚴明，秋毫無犯，老百姓無不額手稱慶。

🔴 誅求未已

穿鑿附會

道理不通而硬要説通它。

例： 他這種穿鑿附會的解釋，缺乏科學根據，根本不能説服人。

🔵 牽強附會　　🔴 入情入理

突如其來

突然來到或發生。

例： 天空烏雲密佈，突如其來的雷聲打破了沉寂，開始下雨了。

為所欲為

任性去做心中愛做的事。

例： 他仗着朝中有人，為所欲為，壞話説盡，壞事幹絕。

🔵 恣意妄為、胡作非為

🔴 循規蹈矩

為虎作倀

比喻幫助惡人作壞事。

例： 那傢伙竟然為虎作倀，替敵人帶路，搜捕革命志士。

🔵 助紂為虐　　🔴 除暴安良

為國捐軀

為了國家犧牲自己的生命。

例： 文天祥為國捐軀，贏得後人的無限敬仰。

🔵 捨生報國　　🔴 賣國求榮

美中不足

雖然美好，還有缺點。

例： 你這篇文章寫得相當感人，美中不足的是結尾稍嫌匆促了些。

🔵 白璧微瑕　　🔴 十全十美

美不勝收

樣樣東西美好，來不及欣賞。

例： 那家玩具店裏陳列的玩具琳琅滿目，美不勝收。

近 目不暇接

耐人尋味

禁得起人們仔細地體會。

例： 杜甫這首詩，字字句句含意深長，耐人尋味。

近 意味深長　　反 味如嚼蠟

胡作非為

肆無忌憚地做壞事。

例： 這班不良少年好吃懶做，整天在屋邨裏外胡作非為。

近 為非作歹　　反 循規蹈矩

胡思亂想

不切實際，毫無根據地瞎想。

例： 他們不會責備你的，你別胡思亂想了。

近 想入非非

若隱若現

隱隱約約，看不清楚。

例： 山村的晨景十分迷人，山巒、田野和農舍都在晨霧中若隱若現。

近 若明若暗　　反 顯而易見

若無其事

形容鎮靜，或不把事放在心上。

例： 孩子哭得很厲害，他居然還能若無其事地坐着看書！

近 泰然自若　　反 憂心忡忡

苦口婆心

形容懷着好心再三勸告。

例： 我苦口婆心地勸他不要吸煙，他就是不聽。

苦心孤詣

苦心鑽研，以求取成功。

例： 畢業後，他苦心孤詣地進行研究，終於有所發明。

近 處心積慮　　反 漫不經心

茅塞頓開

比喻立時懂了某個道理或知識。

例： 先生的一番教導，使我茅塞頓開，懂得了做人的道理。

反 頓開茅塞
近 豁然開朗　　反 大惑不解

負隅頑抗

守住一個角落頑固抵抗。

例： 負隅頑抗的敵軍，終於被我軍全部殲滅。

近 困獸猶鬥　　反 束手待斃

迥然不同

差別很大，完全不同。

例：「未」、「末」字形酷似，但是字音和字義卻迥然不同。

近 截然不同、截然相反

迫不及待

形容迫切盼望。

例：聽説表哥要來，他迫不及待地跑到門口去等候。

近 急不可待　**反** 從容不迫

迫不得已

指出於逼迫，沒有辦法。

例：父親因病無力維持全家生活，我迫不得已只好輟學出外工作。

近 無可奈何　**反** 心甘情願

迫在眉睫

比喻事情很急迫。

例：洪水沖走了許多房屋，現在如何安排災民成了迫在眉睫的問題。

近 燃眉之急、刻不容緩

重於泰山

比喻人死得很有價值。

例：為了祖國的存亡而戰死，重於泰山。

反 輕於鴻毛

面紅耳赤

形容害臊，亦形容着急或發怒。

例：我勸他們心平氣和地討論，不必要爭得面紅耳赤。

近 怒形於色　**反** 面不改色

面面俱到

各方面都顧得到。

例：他年紀大了，做事不可能面面俱到，你們體諒他一些吧！

近 無所不包　**反** 顧此失彼

面黃肌瘦

形容不健康的體態。

例：一走進重災區，只見老百姓一個個都面黃肌瘦的。

近 面有菜色　**反** 容光煥發

風平浪靜

比喻十分平靜。

例：今天天氣很好，海上風平浪靜，我們一起去海邊游泳好嗎？

反 驚濤駭浪

風雨同舟

比喻共同經歷患難。

例：在淪陷的日子裏，大家風雨同舟，患難與共，熬到了勝利。

近 同舟共濟、患難與共

反 各不相謀

風捲殘雲

比喻一掃而光。

例：他餓慌了，把桌上的飯菜，風捲殘雲般地一掃而光。

風雲變幻

像風雲那樣變化不定。

例：祖父活了近百歲，耳聞目睹了許多風雲變幻的事件。

近 變化無常

風馳電掣

形容行動非常迅速，一閃而過。

例：敏明駕駛着摩托車，從我面前風馳電掣而過。

近 星馳電走　　反 蝸步龜移

風塵僕僕

指奔波忙碌，旅途勞頓。

例：由於生意的需要，他風塵僕僕地來往於兩個城市，不以為苦。

又 僕僕風塵　　近 櫛風沐雨

風聲鶴唳

自相驚擾的意思。

例：接二連三的搶劫事件，使那裏的人都有風聲鶴唳之感。

近 杯弓蛇影、草木皆兵

風燭殘年

比喻臨近死亡的晚年。

例：一個人到了風燭殘年，對功名利祿，也都看得淡了。

近 日薄西山　　反 年富力強

風靡一時

形容某一事物在一段時期內極為流行。

例：這首歌曲在十年前曾風靡一時。

飛黃騰達

一下子發達起來。

例：他飛黃騰達之後，就把原先那班窮朋友忘記了。

近 平步青雲　　反 窮困潦倒

飛揚跋扈

獨斷獨行，橫暴放肆。

例：你看他仗恃着自己有靠山，飛揚跋扈，氣焰囂張到何等的地步！

近 專橫跋扈、驕橫跋扈

首屈一指

表示位居第一。

例：在我們班上他的學習成績是首屈一指的。

近 名列前茅、數一數二、獨佔鰲頭

【十畫】

乘風破浪

形容船向前進，亦比喻勇往直前，克服困難。

例：小艇離開碼頭，乘風破浪地向西飛駛而去。

㊐ 勇往直前

乘虛而入

趁着虛弱的地方進來。

例：如果不注意清潔衛生，病菌就會乘虛而入，我們就會得病。

㊐ 無機可乘

俯拾即是

形容數量多，極易得到。

例：小華讀書不用功，他寫的作文，錯字病句俯拾即是。

㊐ 觸目皆是　　㊐ 鳳毛麟角

借花獻佛

比喻用別人的東西做人情。

例：既然章生這裏有酒，我們就借花獻佛敬你一杯，祝你生辰快樂。

借題發揮

假借某事為題，發表自己的見解。

例：在這篇文章中，作者借題發揮，意在表露自己的不滿。

剛愎自用

不聽勸告，光憑主觀辦事。

例：他為人剛愎自用，恐怕不吃大虧是不會幡然悔悟的。

㊐ 固執己見　　㊐ 從諫如流

埋頭苦幹

專心致志，刻苦工作。

例：這一年來他廢寢忘食地埋頭苦幹，年終被公司評為優秀職工。

㊐ 游手好閒

娓娓動聽

善於言談，說話生動，使人愛聽。

例：母親講故事講得娓娓動聽，我們大家都聽得出了神。

㊐ 期期艾艾

家徒四壁

形容窮困之極，一無所有。

例：雖然家徒四壁，但是他人窮志不窮，決心發奮創業。

㊐ 家徒壁立
㊐ 環堵蕭然　　㊐ 堆金積玉

家喻戶曉

形容人所共知。

例：《西遊記》、《水滸傳》都是中
　　國家喻戶曉的小說。

家學淵源

家傳的學問有根源。

例：他的父親是個書法家，他亦寫得
　　一手好字，真可謂家學淵源啊！

㊑ 書香世代

弱不禁風

形容嬌弱。

例：《紅樓夢》中的林黛玉是個弱不
　　禁風的女子。

㊑ 弱不勝衣　　㊃ 鋼筋鐵骨

弱肉強食

比喻弱的被強的併吞。

例：在弱肉強食的社會中，誰都會嘗
　　到激烈競爭的滋味。

㊑ 以強凌弱　　㊃ 鋤強扶弱

恩將仇報

用仇恨報答所受的恩惠。

例：是他把你從水裏救起來，你怎麼
　　恩將仇報，說他把你推下水的
　　呢？

㊑ 以怨報德　　㊃ 感恩戴德

冤家路窄

比喻不願相見的人偏偏碰見。

例：他倆吵翻了臉，偏偏又進了同一
　　家公司工作，真是冤家路窄。

息事寧人

指平息糾紛，使人和睦相處。

例：他是個和事佬，處處表示出息事
　　寧人的態度。

㊃ 惹事生非

挺身而出

遇到危難，勇敢地站出來。

例：雖然這件事與他無關，但他還是
　　挺身而出，仗義執言。

㊃ 畏縮不前

捉襟見肘

形容生活貧困或比喻窘迫。

例：他收入有限，開支都要有計劃；
　　多一點額外支出就捉襟見肘了。

㊋ 捉襟肘見
㊑ 左支右絀　　㊃ 綽綽有餘

捕風捉影

比喻毫無事實根據。

例：那些說法都是捕風捉影，毫無事
　　實根據，切不可輕信。

㊑ 無中生有　　㊃ 有案可稽

料事如神

形容預料事情非常準確。

例： 我又不能料事如神，怎麼知道事情會有這樣悲慘的結局？

近 神機妙算

旁敲側擊

比喻說話繞彎子，不直接。

例： 你有意見，可以痛快地直說出來，不必這樣旁敲側擊。

反 單刀直入

旁徵博引

從多方面廣泛地引用材料作證明。

例： 這只是一個簡單的問題，無需旁徵博引就可以說清楚。

栩栩如生

形容刻畫、描繪得非常逼真。

例： 國畫大師齊白石畫的蝦栩栩如生，每一隻都像就要從畫面上跳出來似的。

根深蒂固

基礎深厚，不易動搖。

例： 要改掉爺爺那根深蒂固的封建思想，真是談何容易。

格格不入

形容與人不相融洽。

例： 他性情孤僻，不愛交際，和大家總是有些格格不入。

反 水乳交融

桃紅柳綠

形容花木繁盛，色彩鮮艷的春景。

例： 轉眼間已到了桃紅柳綠的春天。

近 萬紫千紅

氣急敗壞

形容十分慌張或極為惱羞。

例： 小王見房子着火了，就氣急敗壞地跑出去打電話報警。

反 心平氣和

氣息奄奄

形容人即將斷氣，亦比喻事物即將消亡。

例： 她被救護車送到醫院時，已經氣息奄奄了。

近 奄奄待斃、奄奄一息

反 精神煥發

氣喘吁吁

形容呼吸急促，大聲喘氣。

例： 跑到山頂，她已經氣喘吁吁，臉色發白。

氣象萬千

形容景色、事物壯麗多變。

例：廬山的景色氣象萬千，令人流連忘返。

浮光掠影

比喻印象不深刻，一下子就過去了。

例：這本書我只是浮光掠影地翻閱過，印象十分模糊。

近 蜻蜓點水、走馬看花

海市蜃樓

比喻虛無縹緲的事物。

例：他的理想不過是海市蜃樓而已，一點都不切實際。

近 空中樓閣

海外奇談

很荒誕無稽的話。

例：這種信口開河亂講的海外奇談，分明是侮辱讀者的智慧。

近 不經之談

海闊天空

喻胸襟開闊或毫無拘束，亦喻說話沒有邊際。

例：要緊事辦完了，我們就海闊天空地閒聊起來。

近 天南地北

流言蜚語

毫無根據的謠言。

例：他堅持進行他的實驗，對外間的流言蜚語一概置之不理。

近 蜚短流長

流芳百世

好名譽永遠流傳後代。

例：岳飛的英名流芳百世，秦檜的惡迹遺臭萬年，這就是歷史的判決。

近 永垂不朽　　反 遺臭萬年

流連忘返

留戀得忘記回去。

例：西湖的湖光山色美麗極了，使人流連忘返。

図 流連忘反

近 樂不思蜀　　反 歸心似箭

流離失所

轉徙離散，無處安身。

例：戰爭時期，很多老百姓都家破人亡，流離失所。

近 顛沛流離　　反 安居樂業

烏合之眾

倉卒集合起來的一羣人。

例：這支僱傭軍其實是烏合之眾，所以不堪一擊。

近 一盤散沙

烏煙瘴氣

比喻環境嘈雜，風氣不正。

例：黑社會勢力潛入的地方，都給搞得烏煙瘴氣。

狼心狗肺

形容貪婪、兇狠到沒有人性的地步。

例：那幫侵略者狼心狗肺，到處濫殺無辜的人民。

近 蛇蠍心腸

狼吞虎咽

形容吃東西又猛又急。

例：大家一天沒吃東西，吃晚飯時個個狼吞虎咽，吃得特別香。

反 淺嘗細酌

狼狽不堪

形容非常窘迫的情形。

例：今天我到飯館裏吃飯，卻忘了帶錢，弄得狼狽不堪。

狼狽為奸

比喻兩個壞人合伙幹壞事。

例：省、港兩地的不法之徒狼狽為奸，幹着走私販毒的勾當。

近 朋比為奸

珠光寶氣

形容女人服飾華麗、貴重。

例：盛大的宴會上，女士們個個都打扮得珠光寶氣的。

近 珠圍翠繞

班門弄斧

比喻在專家面前顯本領。

例：他才學電腦，就在那位電腦專家面前誇誇其談，真是班門弄斧。

又 弄斧班門

疲於奔命

指事情繁多，忙不過來。

例：你身為經理，連這些雞毛蒜皮的事都管，難怪你要疲於奔命了。

反 應付裕如

疾言厲色

形容發怒時說話的神態。

例：孩子年幼無知，你不應該對他如此疾言厲色。

又 疾言遽色

近 正言厲色　　反 和顏悅色

疾惡如仇

憎恨壞人壞事，如同仇敵一般。

例：伯父為人剛正不阿，疾惡如仇，常常為人打抱不平。

又 嫉惡如仇

病入膏肓

病重無法挽救的意思。

例：他已病入膏肓，即使請名醫來醫治，亦無濟於事。

近 無可救藥

真才實學

真實的才能、學問。

例：真才實學是要靠勤學苦練才能獲得的。

真憑實據

真實確鑿的憑據。

例：由於缺乏真憑實據，法官只好宣佈被控偷竊的疑犯無罪釋放。

反 無中生有

真知灼見

形容見解正確、透徹。

例：科學家們的真知灼見尚且有時出錯，更不用說一般人的推斷了。

真相大白

事情的實際情況完全弄清了。

例：這個案件雖然案情複雜，但經過徹底調查，已真相大白了。

近 水落石出

破涕為笑

指轉悲為喜。

例：媽媽終於答應帶小明一起去郊遊，小明立刻就破涕為笑了。

近 轉憂為喜

破釜沉舟

比喻下決心，幹到底。

例：事到如今，他們只好破釜沉舟，作最後一次的努力。

近 背城借一　　反 舉棋不定

破綻百出

漏洞非常多的意思。

例：他的話，破綻百出，根本無法令人相信。

反 天衣無縫

神出鬼沒

泛指行動變化迅速，出沒無常。

例：這支軍隊常常神出鬼沒，給予敵軍嚴重打擊。

近 出沒無常

神通廣大

形容本領極大，辦法極多。

例：《西遊記》中的孫悟空原是隻神通廣大的猴子。

近 無所不能　　反 無計可施

神魂顛倒

形容對某些事物入了迷，失去常態。

例：他對武俠小說的着迷，簡直到了神魂顛倒的地步。

近 心蕩神迷　　反 無動於衷

神機妙算

形容智謀特別高明。

例：江湖術士個個都自詡神機妙算，未卜先知，真的是「信不信由你」啦！

又 神機妙策　　近 料事如神

笑容可掬

滿臉堆笑的意思。

例：他一進門，就笑容可掬地同每一個人打招呼。

近 笑容滿面　　反 愁眉苦臉

笑逐顏開

面帶笑容，非常高興。

例：孩子們收到聖誕禮物後，個個笑逐顏開，高興萬分。

近 歡天喜地　　反 愁眉蹙額

粉身碎骨

形容死得很慘。

例：在這萬丈懸崖上，稍不留神掉下去的話，就會粉身碎骨。

又 粉骨碎身

紙上談兵

比喻空發議論，不能解決實際問題。

例：他只會紙上談兵，碰到現實問題，他卻無法應付。

近 沙上游泳

紙醉金迷

形容環境奢侈繁華，易叫人沉迷。

例：發跡後，他沉迷於燈紅酒綠、紙醉金迷的生活。

原 金迷紙醉

近 花天酒地、窮奢極欲

紛至沓來

接連不斷地到來。

例：他的作品發表之後，讀者的信紛至沓來，令他應接不暇。

近 接踵而至

素昧平生

彼此一向不瞭解。

例：我和他素昧平生，怎麼好意思要他幫忙呢？

近 素不相識　　反 生死之交

索然無味

沒有意味，沒有興趣的樣子。

例：這本書看一遍還有些興致，再看第二遍就索然無味了。

反 津津有味、饒有興味

胸有成竹

比喻心裏早已打定主意。

例：這事件如何處理，我早已胸有成
竹了。

近 心中有數　　反 六神無主

臭名遠揚

壞名聲傳得很遠。

例：他慣於敲詐勒索，無惡不作，早
已臭名遠揚。

近 醜聲遠播、臭名昭著
反 大名鼎鼎

茶餘飯後

泛指休息閒暇的時間。

例：現在電視普及了，電視節目往往
成為人們茶餘飯後的消遣。

又 茶餘酒後

草木皆兵

形容心懷恐懼，疑神疑鬼。

例：逃兵們驚魂未定，草木皆兵，稍
有一點動靜，就嚇得面無人色。

近 四面楚歌、杯弓蛇影

草菅人命

指輕視人命，任意殺戮。

例：封建時代的官吏，大多貪贓枉法，
草菅人命。

反 愛民如子

荒誕無稽

荒唐透頂，不足憑信。

例：他不信世界上有鬼，那些鬼怪故
事，在他看來都是荒誕無稽的。

近 荒謬絕倫

記憶猶新

過去的事，至今印象還非常清
楚。

例：過去在戰爭中所受的苦難，奶奶
至今仍記憶猶新。

近 歷歷在目

逆來順受

委屈忍受惡劣環境和待遇。

例：《水滸傳》中的林沖安分守己，
逆來順受，結果還是被逼上梁
山。

追悔莫及

等到後悔的時候已經太遲了。

例：如果小錯不改，等到鑄成大錯，
便已追悔莫及了。

針鋒相對

比喻雙方尖銳對立。

例：在城市論壇上，幾位講者就政制
改革問題進行了針鋒相對的辯
論。

近 抽薪止沸　　反 抱薪救火

閃爍其辭

說話躲躲閃閃。

例： 對於自己這幾天來的行蹤，他始終閃爍其詞，不肯實說。

🔼 吞吞吐吐　　🔄 直言不諱

馬不停蹄

比喻不停頓地前進。

例： 事情一辦完，他就馬不停蹄地趕回家鄉去了。

🔼 一鼓作氣　　🔄 裹足不前

馬到成功

比喻迅速而順利地取得勝利或成效。

例： 那地方正需要你這樣的人才，祝你此去馬到成功！

🔼 水到渠成　　🔄 徒勞無功

高枕無憂

比喻太平無事，不必擔憂。

例： 別以為大學畢業就可以高枕無憂，今後還得努力才會有所成就。

🔄 憂心如焚、憂心忡忡

高朋滿座

形容賓客很多。

例： 父親很好客，朋友也多，家裏經常高朋滿座。

🔼 座無虛席　　🔄 門可羅雀

高瞻遠矚

比喻目光遠大。

例： 由於祖父高瞻遠矚，能把握時機，所以他做生意一直很成功。

🔄 鼠目寸光、目光如豆

鬼斧神工

形容技藝精巧高超。

例： 敦煌石窟的雕像，都是鬼斧神工之作，令人讚嘆不已。

Ｘ 神工鬼斧　　🔄 粗製濫造

鬼鬼祟祟

形容行為不正大光明。

例： 你們兩人鬼鬼祟祟地在這兒東張西望，到底想幹些什麼？

🔼 偷偷摸摸　　🔄 堂堂正正

【十一畫】

假公濟私

以公家的名義，獲取私利。

例： 做任何工作，都要公私分明，不應該假公濟私。

🔄 公爾忘私

109

偷工減料

形容粗製濫造，亦指做事馬虎。

例：個別建築商為了多賺錢，不惜偷
工減料，欺騙顧客。

近 粗製濫造

參差不齊

形容水平不一或不整齊。

例：這一班學生中，有不少是插班生，
所以成績參差不齊。

近 參差錯落

唯利是圖

只圖有利，別的什麼都不顧。

例：他做生意唯利是圖，不擇手段，
客戶都不願和他往來了。

反 唯利是求

唯命是從

只要有命令就服從。

例：父母發號施令，兒女唯命是從的
封建時代已經過去了。

近 唯命是聽、俯首聽命

啞口無言

像啞巴一樣說不出話來。

例：老師批評我們不該為小事爭吵。
他的一番話，說得大家啞口無言。

近 張口結舌、沉默不語

反 大放厥詞

啞然失笑

情不自禁地笑了出來。

例：姊姊聽了小妹的話，啞然失笑說：
「虧你想得出這樣的妙計！」

唾手可得

比喻非常容易得到。

例：偉大的成就是要付出巨大的勞動
才能獲取的，絕非唾手可得。

反 唾手可取

近 一蹴而就、垂手可得

眾口紛紜

人多嘴雜，議論紛紛。

例：那東西是汽球、飛機、還是不明
飛行物，一時眾口紛紜。

反 眾說紛紜　　　反 異口同聲

眾矢之的

比喻大家攻擊的目標。

例：弟弟調皮搗蛋，在家裏成了眾矢
之的，常常受到大家的責備。

反 眾望所歸

眾志成城

團結一致，就能取得成功。

例：街坊福利會的倡議很得人心，大
家眾志成城，周圍環境很快改觀。

原 眾心成城

近 眾擎易舉、萬眾一心

眾望所歸

眾人所共寄望、愛戴。

例：由黃先生來擔任同鄉會的會長，實在是眾望所歸。

眾目睽睽

在大家注視之下。

例：在眾目睽睽之下，他又覺得自己的那點要求很難啟齒。

反 萬目睽睽

眾寡不敵

人數懸殊，不能抵擋。

例：他邊打邊退，由於眾寡不敵，終於被對方捉住了。

近 眾寡懸殊　　**反** 旗鼓相當

執迷不悟

堅持錯誤而不覺悟。

例：只要我們真誠地幫助他，指出前途，他不會執迷不悟的。

反 執迷不悔

反 恍然大悟、幡然悔悟

堅如磐石

形容極其堅固，不可動搖。

例：這個財團資力雄厚，其事業亦堅如磐石。

近 堅不可摧　　**反** 危如累卵

堅貞不屈

堅定有節操，不向惡勢力屈服。

例：無論敵人怎樣威逼利誘，他總是堅貞不屈，不肯出賣自己人。

近 寧死不屈　　**反** 卑躬屈膝

將錯就錯

遷就已經做成的錯事。

例：反正已經錯了，如今也只有將錯就錯，別無他途。

將功折罪

拿功勞抵罪過。

例：你雖然犯了罪，但我們希望你提供線索，將功折罪。

反 將功贖罪

近 將功補過　　**反** 罪上加罪

將信將疑

有點相信，又有點懷疑。

例：眾人聽了他的話，都有些將信將疑，就竊竊私語起來。

近 半信半疑　　**反** 深信不疑

庸人自擾

指平庸的人無事生事，自找麻煩。

例：黃小姐長得不錯，卻還要去做整容手術，真是庸人自擾。

反 智者不惑

張口結舌

形容說不出話。

例：老師的一番話，說得他張口結舌，他自知理虧，也就不吭聲了。

近 頓口無言、鉗口結舌

反 討舌如簧

張大其辭

誇大過分的意思。

例：他說話總是張大其辭，你別信他的。

反 張大其事

近 過甚其辭、言過其實

張牙舞爪

形容十分兇惡的樣子。

例：看到電視裏那隻大灰狼張牙舞爪地撲來，弟弟嚇得蒙住了眼睛。

張冠李戴

比喻把人或事互相弄錯。

例：這話明明是他說的，你怎麼張冠李戴，說是我說的呢？

近 名不副實　　反 名副其實

張燈結彩

形容喜慶或節日的景象。

例：每逢聖誕節，酒店、商場等都張燈結彩，熱烈慶祝。

彬彬有禮

形容文雅而有禮貌。

例：王先生彬彬有禮的態度，使人感覺很親切，大家都喜歡和他接近。

近 文質彬彬

得寸進尺

比喻貪得無厭。

例：那羣流氓吃了東西不給錢，還得寸進尺，臨走時又拿走不少東西。

近 得隴望蜀、得步進步

反 適可而止

得心應手

形容做事盡合心意。

例：叔叔當了多年廚師，燒幾樣家常菜，自然得心應手。

反 得手應心

近 左右逢源　　反 無能為力

得意忘形

得意之極，失去了常態。

例：你的習作登上了報紙，高興高興是可以的，但切莫得意忘形。

近 忘乎所以、忘其所以

從長計議

放長時間慢慢商量研究。

例：這樁事還是待你父親歸來，從長計議才好，切不可草率從事。

反 權宜之計

悠然自得

形容悠閒從容，心情舒適。

例：靜靜的湖面上，幾隻天鵝悠然自得地在游來游去。

図 悠游自得　　近 優哉游哉

患得患失

指計較個人的一切得失。

例：做事要有信心，不要患得患失，否則做什麼事都難以成功。

反 處之泰然、泰然處之

情不自禁

感情抑制不住，不由自主。

例：爬到山頂極目四望，頓覺心胸開闊，大家情不自禁地引吭高歌。

情投意合

感情融洽，意見一致。

例：他們倆情投意合，終於結為夫妻，生活非常美滿。

近 心心相印、水乳交融
反 水火不容

惘然若失

心裏好像失掉什麼東西似的。

例：她呆呆地坐在那裏，惘然若失，連我走到跟前她都沒察覺。

近 悵然若失、若有所失

捨本逐末

做事不抓根本，而在枝節上下功夫。

例：寫文章不管內容，一味地堆砌詞藻，就是捨本逐末。

図 棄本逐末
近 本末倒置　　反 去末歸本

捫心自問

指自我反省。

例：捫心自問，這些年來我並沒有做過對不起人的事。

近 反躬自問

捷足先得

趕在前面，首先得到。

例：這批貨為數不多，頗為搶手；我早已預訂，自然是捷足先得了。

図 捷足先登　　反 坐失良機

排山倒海

形容來勢兇猛，力量強大。

例：漲潮時，潮水以排山倒海之勢，洶湧而來。

近 翻江倒海　　反 風平浪靜

排難解紛

排除危難，調解糾紛。

例：社工人員常為街坊鄰里排難解紛，深受大家的歡迎。

探囊取物

比喻事情很容易辦到。

例： 辦這點小事，在我來說，猶如探
囊取物，非常容易。

近 甕中捉鱉

接踵而至

形容來者絡繹不絕或事情接連
發生。

例： 宴會就要開始了，客人接踵而至，
氣氛非常熱烈。

又 接踵而來　　近 絡繹不絕

措手不及

來不及應付。

例： 現在不好好溫習，到時候連續考
幾門功課，你就會措手不及了。

近 張惶失措

反 措置裕如、好整以暇

推三阻四

用種種藉口推托、阻攔。

例： 今天輪到你打掃屋子，你可別再
推三阻四啊！

反 求之不得

推己及人

指設身處地為別人着想。

例： 你要是能推己及人，替他想想，
那就會原諒他，不會生他的氣了。

近 設身處地、以己度人

推心置腹

比喻真心待人。

例： 他們能夠開誠佈公，推心置腹地
交換意見，所以合作愉快。

近 肝膽相照

反 虛情假意、爾虞我詐

推波助瀾

比喻從旁鼓動，使事態擴大。

例： 他倆吵得挺厲害，你可別再推波
助瀾，否則真要打起來了。

近 火上加油

掩耳盜鈴

比喻不能欺騙別人，只能欺騙
自己。

例： 把貪污賄賂説成是禮尚往來，不
過是掩耳盜鈴的伎倆。

近 掩目捕雀、自欺欺人

捶胸頓足

形容悲傷或悔恨時的情態。

例： 兒子的死訊突然傳來。老人家不
由捶胸頓足，放聲大哭。

近 呼天搶地　　反 手舞足蹈

斬草除根

比喻除去禍根，不留後患。

例： 醫生説，母親身上的腫瘤必須切
除，才能斬草除根，以防後患。

又 翦草除根　　近 斬盡殺絕

斬釘截鐵

比喻說話、辦事果斷堅決。

例：他斬釘截鐵地告訴廠長，他決定
辭工不幹了。

反 拖泥帶水、優柔寡斷

望風披靡

形容看到對方軍隊來勢強大，
沒有交鋒就潰逃。

例：我軍乘勝追擊，敵人望風披靡，
潰不成軍。

近 望風而逃　　**反** 所向無敵

望塵莫及

比喻別人進步發展快，自己趕
不上。

例：他功課那麼好，門門都是優秀，
我可是望塵莫及啊！

又 望塵不及　　**反** 迎頭趕上

欲蓋彌彰

想掩蓋真相，卻反而更明顯暴
露出來。

例：他想為自己的偷竊行為辯護，卻
總是欲蓋彌彰。

殺一儆百

處罰或殺一個人以警戒眾人。

例：為整頓校風，校長開除了一名壞
學生，期收殺一儆百之效。

近 以一警百、殺雞儆猴

殺氣騰騰

形容要殺人的兇惡氣勢。

例：兩幫人馬殺氣騰騰，拔刀相向，
眼看一場惡鬥即將爆發！

淋漓盡致

極透徹的樣子。

例：作家在這篇散文中，把他遊子思
鄉的感情抒發得淋漓盡致。

深入淺出

指文章、言論內容深刻，措辭
淺顯易懂。

例：這篇文章深入淺出地論述了吸煙
的危害性。

反 故作艱深

深不可測

比喻難以捉摸。

例：他的性情孤傲，落落寡合，大家
都覺得他有點深不可測。

反 洞若觀火

深思熟慮

反覆周密地思考。

例：叔叔是個謹慎的人，他處理任何
事都要經過一番深思熟慮。

近 深謀遠慮　　**反** 不假思索

深情厚意

深厚的情意。

例：小時候，保姆悉心地照料我，這份深情厚意，我永遠難忘。

近 情深意長

深惡痛絕

厭惡而痛恨之極。

例：他對賭博是那樣的深惡痛絕，以至兒子染上賭癮，就被逐出家門。

又 深惡痛疾　　近 痛心疾首

牽強附會

形容生拉硬扯，勉強湊合。

例：像他這種牽強附會的解釋，怎麼能夠說服人呢？

理所當然

道理上應該如此。

例：他倆雖是老友，但是公事公辦，各為其主，也屬理所當然。

理屈詞窮

理由不正，說不出話來。

例：他被人辯駁得理屈詞窮，卻不肯認輸，反而老羞成怒。

反 理直氣壯

理直氣壯

理由充足，態度嚴正。

例：我們理直氣壯地警告那個流氓，不許再胡鬧下去，否則馬上報警。

反 理屈詞窮、強詞奪理

眼花繚亂

看見複雜紛繁的東西而感到迷亂。

例：春天一到，滿山盛開的杜鵑花，讓人看得眼花繚亂。

又 眼花撩亂　　近 目迷五色

移風易俗

改變舊的風俗習慣。

例：近年來，香港許多人結婚亦移風易俗，出去蜜月旅遊而不再擺酒。

反 隨波逐流

粗心大意

做事不細心，隨便馬虎。

例：做功課應該認真細緻，不能粗心大意，否則容易出差錯。

近 粗枝大葉　　反 小心翼翼

細水長流

比喻節約使用錢、物，使之經常不缺。

例：你用錢要有計劃，細水長流，才能過好日子。

原 小水長流

習以為常

養成習慣，就覺得很平常了。

例：廳壁掛了一件木雕，初時覺得礙眼，但很快便習以為常了。

近 習焉不察

強人所難

硬要別人去做不願做或不能做的事。

例：他不會跳舞，你硬要他跳，這不是強人所難嗎？

強詞奪理

進行強辯，無理說成有理。

例：自己不對，應該老實承認，別強詞奪理，硬說自己對。

強顏歡笑

勉強裝出笑容。

例：雖然心裏不快活，她還是強顏歡笑地和大家打招呼。

聊以自慰

姑且用來安慰自己。

例：回首往事，碌碌無為，聊以自慰的是平生沒有做過虧心事。

脫胎換骨

比喻重新做人。

例：離開了懲教所之後，阿儀決心脫胎換骨，重新做人。

近 洗心革面

脫穎而出

比喻人的才能全部顯示出來。

例：在近千人的應徵試中，哥哥脫穎而出，被主考人選中。

唇齒相依

比喻互相依靠，不能離開。

例：三國時代，吳蜀兩國唇齒相依，理應守望相助，百年和好。

近 唇亡齒寒

莫名其妙

無法理解或不合常理。

例：她一進門就對我大發脾氣，我簡直莫名其妙。

近 不知所以　　反 瞭如指掌

莫衷一是

意見分歧，不能斷定哪一個對。

例：有關那幢樓房倒塌的原因，街坊們議論紛紛，莫衷一是。

近 言人人殊　　反 異口同聲

莫逆之交

指情意相投，非常要好的朋友。

例：他們自從在旅遊途中認識後，就結成了莫逆之交。

近 金蘭之契

處心積慮

存心很久。

例：他處心積慮想離間我們的關係，結果只是暴露他的不良居心。

近 蓄謀已久

袖手旁觀

比喻置身事外，不予幫助或不加過問。

例：你的事就是我的事，我不能袖手旁觀，不加過問。

近 作壁上觀、置身事外
反 拔刀相助

規行矩步

比喻言行謹慎或墨守成規。

例：他一向規行矩步，絕不會做出越軌的事。

近 謹言慎行、墨守成規
反 肆無忌憚

設身處地

設想自己處在別人的那種境地。

例：我們如果設身處地為他想想，就不會對他那樣苛求了。

近 易身而處

貪小失大

因為貪小便宜，結果遭受損失。

例：她擠在人堆裏買便宜貨，結果丟失了錢包，真是貪小失大。

近 因小失大

貪生怕死

貪戀生存，畏懼死亡。

例：他貪生怕死，出賣自己的祖國，成為被人唾棄的叛徒。

反 貪生畏死　　反 視死如歸

貪心不足

貪得無厭，永不滿足。

例：你已經佔了那麼多便宜，別再貪心不足啦！

近 貪得無厭、巴蛇吞象
反 適可而止

貪贓枉法

貪污受賄，破壞法紀。

例：自從廉政公署成立之後，貪贓枉法的罪案少了很多。

反 貪贓壞法
近 貪賄無藝　　反 廉法奉公

責無旁貸

自己應負的責任，不能推到別人身上。

例：把孩子養育成人，身為父母的，責無旁貸。

趾高氣揚

形容驕傲自滿，得意忘形。

例：他升作經理之後並沒有趾高氣揚，
仍舊與同事們相處得很融洽。

近 飛揚拔扈、目空一切

反 低首下心

逍遙法外

犯罪者未受法律制裁，仍自由
自在。

例：法律面前，人人平等，任何人犯
了罪都不能逍遙法外。

反 天網恢恢

通宵達旦

整整一夜到天亮。

例：搞週刊出版，通宵達旦地工作是
常有的事。

逢場作戲

指偶爾湊熱鬧消遣，並不認真。

例：唱卡拉 OK 我並不特別喜好，只
不過偶爾逢場作戲而已。

近 偶一為之　　反 習以為常

連篇累牘

形容篇幅過多，文辭冗長。

例：這本小說中，作者連篇累牘地敍
述故事的背景，看了使人生厭。

又 累牘連篇

近 長篇大論　　反 精簡扼要

野心勃勃

形容野心很大。

例：他湊足了資本就野心勃勃地去澳
洲經營，一心想賺大錢。

反 膽小如鼠

閉門造車

比喻不考慮客觀情況，只憑主
觀辦事。

例：他這個人做事總是閉門造車，不
失敗才怪呢！

陳詞濫調

陳舊空泛的論調。

例：那篇文章盡是些陳詞濫調，根本
沒有什麼獨到的見解。

反 不落窠臼

雪中送炭

比喻在人急需時給以幫助。

例：他家不慎被火燒毀，多虧街坊鄰
里雪中送炭，才迅速得以安頓。

反 落井下石、錦上添花

魚目混珠

比喻以假亂真。

例：他對古代書畫很有研究，魚目混
珠的贗品他一看就能鑒別出來。

近 以假亂真、濫竽充數

119

魚貫而入

一個接一個進入的意思。

例：戲馬上要開演了，等候在入口處的觀眾出示了戲票，魚貫而入。

近 接踵而至

鳥語花香

形容春天美好的自然景象。

例：春天來了，公園裏處處鳥語花香。

反 花香鳥語

鳥盡弓藏

比喻成功後拋棄一同出過力的人。

例：那人可共患難而不可共安樂，和他合伙，小心鳥盡弓藏。

近 兔死狗烹、過河拆橋

麻木不仁

比喻漠不關心，反應遲鈍。

例：看到別人有困難，我們應該幫助，絕不能漠不關心，麻木不仁。

【十二畫】

勞苦功高

歷盡艱辛，立下大功。

例：葉先生為發展本公司業務，不辭辛勞地奔波，真是勞苦功高啊！

博聞強記

學識豐富，記憶力強。

例：漢代的司馬遷是一個博聞強記的學者。

原 博聞強志

反 博聞強志　　**近** 孤陋寡聞

啼笑皆非

形容不知如何是好。

例：這場惡作劇，簡直把他弄得啼笑皆非。

近 哭笑不得

善始善終

形容辦事認真。

例：他是個講信用和辦事認真的人，做什麼事都是善始善終。

近 有始有終　　**反** 虎頭蛇尾

喜不自勝

形容喜歡之極。

例：爸媽聽到姐姐在國外學有所成，自然是喜不自勝。

反 悲不自勝、怒不可遏、勃然大怒

喜出望外

所得超過所望，心裏非常高興。

例：那天參加抽獎比賽，竟獲得頭獎，我不由喜出望外。

近 大喜過望

反 憂心忡忡、悲從中來

喜形於色

形容抑制不住內心喜悦。

例：哥哥喜形於色地告訴我們，這次
考試他得了全班第一名。

反 怒氣沖沖、怒火中燒、怒形於色

喜新厭舊

喜歡新的，討厭舊的。

例：五歲的弟弟有很多玩具，但老是
喜新厭舊，纏着媽媽給他買新的。

反 喜新厭故

近 見異思遷　　**反** 始終不渝

喧賓奪主

比喻次要的壓倒主要的。

例：那篇遊記以大量篇幅描寫出發前
的準備，未免有喧賓奪主之嫌。

近 反客為主

喪盡天良

形容兇殘、歹毒到極點。

例：那些匪徒喪盡天良，不僅燒了他
的房子，還殺了他的家人。

近 喪心病狂

單刀直入

喻直截了當，不轉彎抹角。

例：他為人爽快，説話單刀直入，從
不拐彎抹角，也算得是快人快
語。

近 直截了當　　**反** 轉彎抹角

單槍匹馬

比喻單獨行動。

例：那幫流氓少説也有二十多個，你
單槍匹馬對付得了嗎？

反 匹馬單槍

反 人多勢眾、成羣結隊

富麗堂皇

形容建築物華麗而雄偉。

例：店員們把展覽廳佈置得富麗堂
皇，公司準備在那裏舉辦珠寶展
覽。

原 金碧輝煌

尋根究底

指追問一件事的原由。

例：對學習上碰到的每一個難題，他
都要尋根究底，弄個明白。

反 追根究底　　**反** 捨本逐末

循序漸進

依着次序前進。

例：學習要循序漸進，沒有捷徑可走。

近 按部就班

循規蹈矩

按照規則行事，亦形容拘泥保
守。

例：這孩子一向循規蹈矩，從來不用
大人操心。

近 規行矩步　　**反** 胡作妄為

循循善誘

善於有步驟地引導、教育。

例：方先生對學生總是循循善誘，學生們都很敬重他。

悲天憫人

嘆息時局的艱辛，憐憫大眾的疾苦。

例：她生來就有一副悲天憫人的心腸，從不拒絕別人的求助。

悲歡離合

泛指生活中的各種遭遇。

例：大榕樹在這兒生長了上百年，閱盡了人間的種種悲歡離合。

悶悶不樂

心事放不下，心裏不快活。

例：爸爸很忙，假日也不能帶他去玩，所以他整天悶悶不樂。

近 鬱鬱寡歡　　反 喜形於色

惡貫滿盈

形容罪大惡極。

例：此人早已惡貫滿盈，這回撞車斃命，真是老天有眼。

近 罪大惡極、罪惡滔天

惻隱之心

見人遭受不幸而引起的同情心。

例：很多人都會把錢施捨給乞丐，正是惻隱之心，人皆有之。

掌上明珠

比喻深受父母疼愛的兒女。

例：劉小姐是獨生女，父母把她視為掌上明珠，自幼嬌生慣養。

提心吊膽

形容十分膽心害怕。

例：我因為沒有溫習功課，上課時提心吊膽的，怕老師提問到我。

反 懸心吊膽
近 牽腸掛肚、心驚膽戰

提綱挈領

比喻抓住關鍵，把問題簡明扼要地提出來。

例：複習時，老師提綱挈領地把重點講了一遍。

近 要言不煩

插翅難逃

即使插上翅膀也難逃脫。

例：警方佈下了天羅地網，那幾個歹徒一定插翅難逃。

反 插翅難飛

揚長而去

丟下別人不管，大模大樣地離去。

例：不知是誰駕駛汽車撞倒了人，竟揚長而去，真是沒有道德！

図 徉長而去

揚眉吐氣

形容壓抑的心情得到舒展。

例：中國女排得了世界冠軍，她們總算是揚眉吐氣了。

反 含垢忍辱

握手言歡

多指重新和好。

例：他倆吵架了，經過小林耐心的勸解，終於又握手言歡了。

近 言歸於好

揮金如土

形容極端揮霍浪費。

例：那羣公子哥兒整天賭錢喝酒，揮金如土，什麼正經事兒也不幹。

近 揮霍無度　　反 愛財如命

揮灑自如

形容書寫作畫運筆自如。

例：她在紙上揮灑自如，一會兒，一幅墨荷圖便完成了。

敝帚自珍

比喻將自己不好的東西視為珍寶。

例：以前的作文雖然幼稚，但我還是敝帚自珍，一直保存至今。

図 敝帚千金　　反 棄如敝屣

朝氣蓬勃

形容生氣勃勃，充滿活力。

例：清晨，孩子們已經朝氣蓬勃地在場地上鍛煉身體了。

近 生氣勃勃　　反 暮氣沉沉

棋逢敵手

比喻爭鬥的雙方本領、力量相當。

例：這場籃球賽，甲乙兩隊棋逢敵手，打得很精采。

図 棋逢對手　　近 將遇良才

欺世盜名

欺騙世人，盜取名譽。

例：他義正詞嚴，揭穿了那些欺世盜名者的廬山真面目。

近 沽名釣譽

殘冬臘月

指一年將盡之時，亦指嚴冬時節。

例：每逢殘冬臘月，家家戶戶都會忙碌起來，準備過年。

反 盛夏溽暑

游刃有餘

形容技巧純熟，辦事輕鬆利落。

例：她曾是奧運體操金牌得主，要她
　　當體操教練自是游刃有餘。

近 綽有餘裕　　反 力有不逮

游手好閒

游蕩懶散，不愛勞動。

例：每一個好青年都應該自食其力，
　　不應該游手好閒，不務正業。

近 好逸惡勞
反 自食其力、埋頭苦幹

混水摸魚

比喻乘機鑽空子，撈一把。

例：他趁火災之時混水摸魚，竊取他
　　人財物，結果被人抓住了。

又 渾水摸魚

無中生有

形容憑空捏造，無此事實。

例：他為了破壞我的名聲，竟在背後
　　無中生有，惡意中傷，真可惡。

近 無風起浪、憑空杜撰

無可奈何

一點辦法也沒有的意思。

例：他把字典遺失了，無可奈何，只
　　好再買一本新的。

近 事非得已

無可非議

沒有什麼可以指責議論的。

例：像他這樣的人也只能夠這樣做，
　　這在他是無可非議的。

近 無可厚非

無妄之災

意外的災禍。

例：昨天我路過那兒，竟然被高空墮
　　物傷了額頭，真的是無妄之災！

又 無妄之禍　　近 飛來橫禍

無比自容

形容非常慚愧。

例：聽到人家提起他那些不光彩的往
　　事，他羞愧得無地自容。

原 無地自厝　　又 無以自容

無足輕重

形容不值得重視。

例：在公司裏我只是個無足輕重的小
　　人物，我的建議很難受到重視。

反 舉足輕重

無法無天

形容無惡不作。

例：這幫匪徒簡直無法無天，居然在
　　光天化日之下攔路搶劫。

近 橫行無忌　　反 奉公守法

無拘無束

自由自在地不受約束。

例：我們來到鄉村度假，打算過一陣子無拘無束的生活。

近 自由自在

無往不利

處處行得通。

例：這項政策深得民心，所以執行起來無往不利。

近 一帆風順

無所事事

什麼也不幹，或沒事可做。

例：這位闊少爺整天無所事事，在外頭尋歡作樂，撩事生非。

近 游手好閒　反 百務纏身

無所適從

不知聽哪一個好。

例：班長叫我抄壁報，副班長又叫我畫版頭，弄得我無所適從。

近 進退兩難　反 左右逢源

無病呻吟

無緣無故地嘆息憂傷。

例：她整天無緣無故地對花流淚，對月傷感，真的是無病呻吟。

反 有感而發

無理取鬧

故意進行搗亂。

例：孩子們無理取鬧，做爸爸媽媽的，應該耐心說服教育。

近 無事生非　反 據理力爭

無堅不摧

形容力量極其強大。

例：正義之師是無敵的，所到之處無堅不摧，無攻不克。

近 攻無不克

無微不至

連極細微之處都想到顧到。

例：母親出院之後，得到全家人無微不至的關心和照料，康復得很快。

近 體貼入微　反 粗心大意

無關宏旨

指意義或關係不大。

例：他在這兒無足輕重，所以這個宴會他到場與否都無關宏旨。

又 不關宏旨

近 無關大體、無關緊要

無懈可擊

沒有弱點可予人攻擊。

例：這場足球賽，雙方勢均力敵，防守幾乎都是無懈可擊。

又 無瑕可擊

近 天衣無縫　反 漏洞百出

無獨有偶

兩件事恰巧相同。

例：這兩件交通事故，發生地點竟完
全相同，真是無獨有偶！

近 非此一端

反 天下無雙、絕無僅有

無濟於事

對事情毫無補益。

例：平時不抓緊時間學習，到考試才
臨時抱佛腳，當然無濟於事。

近 於事無補

焦頭爛額

比喻極為狼狽的情況或境遇。

例：近日這一區的罪案日增，把負責
治安的官員搞得焦頭爛額。

近 狼狽不堪

異口同聲

表示眾人說法相同，意見一致。

例：阿強提議周末去野外燒烤，大家
都異口同聲地表示贊成。

原 異口同音

反 眾說紛紜、言人人殊

異想天開

形容想入非非，不切實際。

例：古人認為飛到月球上去是異想天
開的事。

近 想入非非、痴心夢想

畫蛇添足

喻多餘的舉動，不但無益反而
害事。

例：他已經把事情講得很清楚，我就
不再畫蛇添足了。

近 多此一舉　　反 畫龍點睛

畫餅充饑

比喻徒有虛名而不實用。

例：空想是不行的，畫餅充饑解決不
了問題，咱們還是先幹起來吧！

近 望梅止渴

畫樑雕棟

形容房屋建築富麗堂皇。

例：這座鄉間的祠堂竟然也是畫樑雕
棟，十分富麗堂皇。

又 畫棟雕樑

近 雕欄玉砌　　反 蓬門華戶

痛不欲生

悲痛到極點，不想再活下去。

例：王老太太喪失愛子，痛不欲生，
傷心得昏了過去。

近 悲不自勝　　反 歡天喜地

痛改前非

徹底改正以前的錯誤。

例：經過先生的一番教導，他決心痛
改前非，重新做人。

近 改過自新　　反 執迷不悟

發人深省

使人深深地覺悟。

例： 他的一番話發人深省，使我受益
匪淺。

区 發人深醒　　近 暮鼓晨鐘

發揚光大

使好的作風等得到更大的發展。

例： 人與人之間團結互助的精神應該
發揚光大。

發憤圖強

竭盡全力，以求強盛。

例： 校長希望我們能發奮圖強，為社
會作出有益的貢獻。

近 奮發有為　　反 自暴自棄

短小精悍

形容人身材短小而精明強幹，
亦指文章、發言等簡短有力。

例： 報上應多刊登短小精悍的文章。

区 短小精幹
近 簡明扼要　　反 長篇大論

稍縱即逝

形容時間或機會等很容易過去。

例： 時間是稍縱即逝的，我們要珍惜
每一秒鐘，加緊學習。

区 少縱即逝　　近 白駒過隙

窗明几淨

形容屋裏明亮，器物潔淨。

例： 這個房間打掃得窗明几淨，光線
又好，給人以清新舒適的感覺。

童顏鶴髮

形容老人神采奕奕，精神煥發。

例： 徐先生之父年登古稀，但童顏鶴
髮，看起來還十分精神。

区 鶴髮童顏　　反 老態龍鍾

等閒視之

把它看得很平常，不予重視。

例： 孩子說謊是不良習慣，切不可等
閒視之，聽任其發展下去。

近 漠然置之

絡繹不絕

車馬、行人來來往往，接連不
斷。

例： 這裏有一座廟宇，每天來燒香拜
佛的人絡繹不絕。

近 川流不息

華而不實

外表好看，內裏不實在。

例： 在工作上要講求實際，華而不實
的作風是要不得的。

萍水相逢

比喻偶然遇見。

例：我和他只是萍水相逢，完全不知道他的底細。

近 邂逅相遇

虛張聲勢

並無實力，擺空架子嚇唬人。

例：那家公司只有幾個職員，對外卻虛張聲勢，說有幾十個人。

反 不露聲色

虛與委蛇

對人假意敷衍應酬。

例：她不想和他結交，也不想得罪他，只好勉強應付，虛與委蛇。

近 敷衍應付

虛懷若谷

形容十分謙虛。

例：方教授虛懷若谷，從不盛氣凌人，大家都願意向他請教。

反 夜郎自大、自高自大

視死如歸

形容為正義而不怕犧牲。

例：這支軍隊的將士為了保衛自己的國家，個個英勇奮戰，視死如歸。

反 貪生怕死

貽笑大方

被學者或行家譏笑。

例：我的文章寫得不好，難免貽笑大方，請大家多多指教。

原 見笑大方

趁火打劫

比喻在別人有危險時去撈好處。

例：他人有難時，應給予幫助，切不可趁火打劫。

又 乘火打劫

越俎代庖

比喻越權行事或包辦代替。

例：處理信件是秘書的事務，我是打字員，怎麼可以越俎代庖呢？

量入為出

根據收入的情形來定開支的限度。

例：他們的收入不多，但能量入為出，月月有結餘。

近 精打細算

反 入不敷出、寅吃卯糧

量力而行

按照自己力量大小來做。

例：你身體不好，跑步這類活動還是量力而行吧！

反 螳臂當車、自不量力

量體裁衣

比喻辦事要依據實際情況。

例：俗話說：「量體裁衣」，我們無論做什麼事都要看情形辦理。

近 看菜吃飯

開門見山

直截了當地表達意思。

例：他一見到我，就開門見山地說明了來意。

近 開宗明義　　**反** 轉彎抹角

開源節流

增加收入，節省開支。

例：現在正是經濟蕭條的時候，你們要開源節流，渡過這個難關。

反 鋪張浪費

閒情逸致

與正事無關的閒散心情和興致。

例：明天要考試，誰還有閒情逸致去釣魚呢？

近 優哉游哉

陽奉陰違

表面聽從，暗地裏違背。

例：這位官員由於對上司的指示陽奉陰違，終於被革職查辦。

近 言行相詭　　**反** 言行一致

雄心壯志

遠大的理想，宏偉的志願。

例：他年紀雖小，卻立下雄心壯志，長大要當個對社會有貢獻的人。

反 心灰意懶、心灰意冷

雅俗共賞

文化水平高的和低的人都能欣賞。

例：最近興起的單口相聲，是一種雅俗共賞的娛樂表演。

反 曲高和寡

集腋成裘

比喻積少成多。

例：別看「賣旗」收一元兩元的，集腋成裘，全港捐助就不是小數字。

原 聚沙成塔

順手牽羊

比喻乘便獲得，不費力氣。

例：那婦人離開商店時，順手牽羊，把那件玉器陳列品帶走了。

順水推舟

比喻順勢行事，因利乘便。

例：我本不想走，既然他倆挽留我，我便順水推舟地答應留下了。

又 順手推船

129

【十三畫】

亂七八糟

沒有條理，亂糟糟的。

例：孩子們很好動，一回家就把房間搞得亂七八糟。

近 凌亂不堪　　反 井井有條

傷天害理

形容做事殘忍，滅絕人性。

例：那幫人毆打災民，還搶去了他們的救濟金，真是傷天害理。

近 喪盡天良、慘無人道

傷風敗俗

敗壞風俗的意思。

例：他是一位謹言慎行的君子，絕不會幹這種傷風敗俗的醜事。

傾家蕩產

把全部家產搞光。

例：賭博弄得他傾家蕩產，最後連妻子兒女都離開了他。

又 傾家敗產　　反 興家立業

勢不兩立

不能共存的意思。

例：我們和那些為非作歹的惡棍是勢不兩立的。

近 誓不兩立、冰炭不容

反 水乳交融

勢不可當

來勢迅猛，無法抵擋。

例：洶湧澎湃的潮水如千軍萬馬，滾滾而來，勢不可當。

近 勢如破竹　　反 大勢已去

勢均力敵

雙方的力量相等之意。

例：今天這場足球賽緊張極了，雙方勢均力敵，不分勝負。

原 力敵勢均

近 旗鼓相當、不相伯仲

想方設法

想種種辦法。

例：雖然這場電影票都賣完了，我還是想方設法取到了兩張票子。

近 千方百計

愁眉苦臉

形容憂愁、苦惱、焦急時的神色。

例：他愁眉苦臉地告訴我，他的錢包和證件都遺失了。

近 愁眉不展

反 眉開眼笑、笑逐顏開

意氣用事

只憑個人的感情辦事情。

例：這件事關係重大，你去處理的時候千萬不可意氣用事。

近 感情用事

愛不釋手

對某一種東西愛到不肯放手的地步。

例：這是一本好書，才看了一章，已令我愛不釋手。

近 愛不忍釋　　反 棄如敝屣

愛莫能助

內心愛惜、同情而無力幫助。

例：她的遭遇很不幸，遺憾的是，我收入菲薄，對她愛莫能助。

原 愛莫助之　　近 有心無力

感激涕零

感激萬分，連眼淚都落下來了。

例：提起蔡翁的大恩大德，李先生一家人莫不感激涕零。

近 沒齒不忘、感恩戴德

搖搖欲墜

形容非常危險，就要掉下來或垮下來。

例：地震使大部分房屋倒塌了，未倒的也是搖搖欲墜。

近 岌岌可危

反 堅不可摧、穩如泰山

敬而遠之

表面上表示恭敬，實際上不願接近。

例：叔叔脾氣乖戾，我們都對他敬而遠之。

敬業樂業

敬重和熱愛自己從事的職業。

例：胡適先生在一篇演說中，教誨我們走上社會之後要敬業樂業。

溫文爾雅

態度溫和，舉止文雅。

例：別看她平日舉止溫文爾雅，打起籃球來卻是生龍活虎的呢！

近 文質彬彬

溫柔敦厚

形容對人溫和厚道。

例：表姊溫柔敦厚，家中的長輩都很喜歡她。

反 尖酸刻薄

源源不絕

形容接連不斷。

例：香港是個國際性的貿易港口，每天都有各國貨物源源不絕地運來。

原 源源而來

又 源源不斷　　反 斷斷續續

滄海一粟

形容非常渺小。

例：我收藏的畫與博物館的相比，只不過是滄海一粟罷了。

🔵 九牛一毛　　🔴 盈千累萬

滄海桑田

比喻世事變化很大。

例：這兒曾繁華一時，如今卻荒涼冷落，真是滄海桑田，變化真大！

🔄 桑田滄海

滾瓜爛熟

形容背書背得流利，熟到極點。

例：這個女孩子才唸幼稚園，已把乘法口訣背得滾瓜爛熟了。

煥然一新

形容出現了嶄新的面貌。

例：我們利用假日粉刷了牆壁，把家裏佈置得煥然一新。

🔴 依然如故

瑕瑜互見

比喻優點缺點都有。

例：業餘攝影展覽會上的作品瑕瑜互見，給人以不少啟發和借鑒。

當機立斷

在重大事情上能作出決定。

例：這是生死存亡的關頭，再不當機立斷，後果就不堪設想啊！

🔵 應機立斷

🔴 優柔寡斷、舉棋不定

當頭棒喝

促使人醒悟的警告或打擊。

例：校長的一番告誡，猶如當頭棒喝，令我猛然醒悟。

🔄 當頭一棒

睡眼惺忪

形容睡覺的人剛醒，還未完全清醒。

例：孩子剛起牀，睡眼惺忪地坐在牀沿，連連打着呵欠。

碌碌無為

平平庸庸，無所作為。

例：少壯如不努力，到了老年，我們便會為一生碌碌無為而羞愧。

🔵 碌碌無能、無所作為

🔴 大有作為

置若罔聞

形容不予理會。

例：對老師的忠告，我們要好好想一想，不要置若罔聞。

🔵 置之不理、充耳不聞

羣龍無首

比喻沒有領頭的人。

例：大家都聽你的。你不去，豈不是羣龍無首了嗎？

義不容辭

於情於理都不允許推辭。

例：搶救病人的生命是醫生義不容辭的職責。

近 義無反顧、當仁不讓
反 見利忘義

義正辭嚴

理直氣壯，措辭嚴厲。

例：這篇社論義正辭嚴地痛斥了某些人賣國求榮的無恥行徑。

又 辭嚴義正　　反 理屈辭窮

義憤填膺

滿腔憤怒的意思。

例：全世界人民對那幫劫機者殘酷殺害人質的罪行，無不義憤填膺。

又 義憤填胸　　反 無動於衷

肅然起敬

形容嚴肅、敬仰的感情。

例：看到先生認真的教學態度，我們不由對他肅然起敬。

與人為善

指善意幫助人。

例：方老伯一向與人為善，和左鄰右舍都能和睦相處。

反 刻薄寡恩

與日俱增

形容不斷增長。

例：他倆下班後常常到海邊去散步，兩人的感情正與日俱增。

萬人空巷

城市羣眾一時聚集，形容歡迎、慶祝等盛況。

例：偶像巨星所到之處，萬人空巷，爭睹風采。

近 人山人海

萬古長青

比喻人的精神或友誼永遠存在。

例：為正義而戰的烈士雖死猶生，他們的精神萬古長青。

又 萬古長春

萬家燈火

形容夜晚降臨。

例：從城門水庫回來，車入市區，已是萬家燈火的時候了。

近 華燈初上

萬紫千紅

形容百花齊放的春景。

例：春天來了，公園裏的花萬紫千紅，
　　吸引了無數遊客。

反 千紅萬紫　　　近 姹紫嫣紅

萬眾一心

形容團結一致。

例：我們必須萬眾一心，才能抵抗外
　　來侵略。

原 萬人一心

反 一盤散沙、各不相謀

萬無一失

絕對有把握的意思。

例：這些首飾，你怕放在家裏不安全，
　　放進銀行保險櫃就萬無一失了。

原 萬不失一

反 百不失一　　　反 破綻百出

萬壽無疆

萬年長壽，永遠生存。

例：祖母生日的那天，我們為她訂了
　　個大蛋糕，祝賀她萬壽無疆。

近 壽比南山　　　反 朝生暮死

萬籟無聲

形容環境非常寂靜。

例：在萬籟無聲的深夜，他還在孤燈
　　下辛勤攻讀。

反 萬籟俱寂　　　近 闃寂無聲

落花流水

指零落衰敗，亦指被打得大敗。

例：我軍一鼓作氣，把進犯的敵人打
　　得落花流水，大敗而逃。

反 流水落花　　　近 一敗塗地

落拓不羈

形容性情曠達，不受拘束。

例：這個畫家的畫，氣勢豪放，看來
　　是與他落拓不羈的性格分不開
　　的。

近 放蕩不羈　　　反 謹小慎微

落落大方

形容人的心胸坦率，舉止得體。

例：教授的夫人落落大方，而且平易
　　近人，對我們十分親切。

反 侷促不安

惹是生非

招惹是非，引起爭吵。

例：弟弟不愛讀書，還常在外面惹是
　　生非，爸爸媽媽十分操心。

反 惹事生非

反 循規蹈矩、安分守己

裝腔作勢

形容做作。

例：那個演員太過裝腔作勢，表現不
　　出諸葛亮那種儒雅、瀟灑的風度。

反 拿腔作勢　　　近 裝模作樣

裝聾作啞

形容故意不理或只當不知。

例：你明知這件事的來龍去脈，為什麼裝聾作啞不吭一聲？

囵 裝聾做啞

詩情畫意

美如詩畫中的境界一般。

例：在月夜下漫步海灘，真有說不盡的詩情畫意。

詭計多端

形容陰險狡猾，壞主意很多。

例：他這個人詭計多端，你千萬不要信他的話。

話不投機

話說不到一起，意見不合。

例：我和她話不投機，始終談不到一塊，見面只是打打招呼而已。

趑趄不前

形容碰到困難，不敢前進。

例：膽怯的人，在困難面前往往是趑趄不前。

近 裹足不前　　反 勇往直前

路不拾遺

形容社會風尚良好。

例：這個偏僻的小鎮民風很好，正所謂路不拾遺，夜不閉戶。

原 道不拾遺　　近 夜不閉戶

過目成誦

形容記憶力強。

例：學習若不注意分析理解，即使能過目成誦，也未必學得好。

原 過目不忘　　近 耳聞則誦

過河拆橋

比喻不念舊情，達到目的後將人踢開。

例：他為我出過不少力，我不能過河拆橋不理人家啊！

近 鳥盡弓藏、兔死狗烹

道貌岸然

形容神態莊嚴。

例：作者在他的文章裏，對一些外表道貌岸然的人，作了辛辣的諷刺。

囵 岸然道貌

近 一本正經　　反 嘻皮笑臉

鈎心鬥角

比喻各用心機，明爭暗鬥。

例：為了爭取經理的位置，他們鈎心鬥角，各逞所能。

囵 勾心鬥角　　反 同心協力

隔岸觀火

比喻見人遇難不救助，站在一邊看熱鬧。

例：他倆吵得那麼厲害，你卻隔岸觀火，不去勸解！

近 袖手旁觀 作壁上觀

反 拔刀相助

隔靴搔癢

比喻言不中肯，沒觸及要害。

例：要調解雙方的爭端，只説些隔靴搔癢的話是無法解決問題的。

反 言必有中

飲水思源

不忘本的意思。

例：我們兄弟今天事業有成，飲水思源，都是靠父母昔日辛苦栽培。

反 數典忘祖

飲泣吞聲

形容強忍內心痛苦，不敢公開表露。

例：她受到別人打擊，找不到人申訴，只好飲泣吞聲。

又 吞聲飲泣 近 忍氣吞聲

飲鴆止渴

比喻圖解決一時困難而不顧嚴重後果。

例：因情緒低落而去吸毒，這種做法只是飲鴆止渴而已。

近 抱薪救火

【十四畫】

兢兢業業

形容做事謹慎，勤懇。

例：他對工作兢兢業業，幾十年如一日。

反 粗心大意

嘔心瀝血

指費盡心思。

例：這本書是那位名作家嘔心瀝血寫出來的，情節非常動人。

近 煞費心機

圖窮匕見

比喻計謀完全敗露。

例：匪徒們一直想暗中謀害他，終於圖窮匕見，露出了猙獰的面目。

夢寐以求

形容迫切期望。

例：他獲得了博士學位，這是他夢寐以求的，如今終於得償所願。

近 朝思暮想

察言觀色
從觀察言語臉色揣摸別人心思。

例：我們的老師很會察言觀色，我們有什麼心思都瞞不了他。

近 鑒貌辨色

寡廉鮮恥
形容不知廉恥。

例：當漢奸的都是寡廉鮮恥之輩，為自家安全而不惜出賣民族利益。

近 厚顏無恥

實事求是
指對待事物要從實際情況出發。

例：老師問我有關那天打架的事，我實事求是地說了。

反 虛假浮誇

寥寥無幾
非常稀少，沒有幾個。

例：現在，能作古詩詞的人已經不多，作得好的更是寥寥無幾。

近 寥若晨星

反 多如牛毛、星羅棋佈

寧死不屈
寧可死，決不向敵人屈服。

例：文天祥寧死不屈，表現了崇高的民族氣節。

近 視死如歸　反 貪生怕死

屢見不鮮
表示多次見到，已不覺新奇。

例：如今在香港，名牌小轎車失竊的事屢見不鮮。

近 司空見慣　反 千載難逢

對牛彈琴
比喻對不懂道理的人大談道理。

例：這班人識字不多，對他們講修辭學，不是對牛彈琴麼？

對答如流
回答問話像流水一樣迅速、流暢。

例：校長見這位考生對答如流，心中自是喜歡。

原 應答如流

近 口若懸河　反 期期艾艾

慘絕人寰
世上再沒有比這更慘的了。

例：當年日本侵略軍曾在南京進行了一次慘絕人寰的大屠殺。

近 慘無人道

慢條斯理
形容說話或做事慢騰騰的。

例：就算你急死也沒用，李先生辦事就是這樣慢條斯理的。

近 從容不迫、姍姍來遲

反 迫不及待

榮華富貴

喻興盛或顯達，指有錢財地位。

例：他拋棄了榮華富貴的生活，到山村當了一名小學教師。

反 富貴榮華　　反 窮困潦倒

旗鼓相當

比喻彼此力量相等。

例：這兩個球隊的實力旗鼓相當，比賽一定十分激烈。

近 勢均力敵

暢所欲言

痛快地把要說的話都說出來。

例：會上，大家暢所欲言，氣氛顯得很熱烈。

反 吞吞吐吐

滿城風雨

比喻事情傳遍各地，到處議論紛紛。

例：報紙報道了那條聳人聽聞的消息，搞得滿城風雨。

滿載而歸

比喻收穫很大。

例：這次郊遊，我們採集了許多植物標本，回家時大家都是滿載而歸。

反 一無所得、一無所獲

滿腹經綸

一肚子才學。

例：有些人自以為滿腹經綸，可是遇到實際問題卻一籌莫展。

近 學富五車

反 才疏學淺、胸無點墨

爾虞我詐

形容互相欺騙。

例：那兩個經紀，為了爭生意，表面上客客氣氣，背地裏卻爾虞我詐。

反 開誠佈公、推心置腹

碩大無朋

形容巨大無比。

例：碩大無朋的河馬為了躲避暑氣，往往愛浸在水裏不肯出來。

近 龐大無比　　反 嬌小玲瓏

稱心如意

完全合乎心意。

例：她厭倦了都市生活，來鄉間後，寧靜的鄉村生活倒使她稱心如意。

近 心滿意足、正中下懷

管窺蠡測

比喻對事物的觀察和瞭解很片面。

例：我不瞭解全面情況，說的只能是一些管窺蠡測的意見。

近 管中窺豹

精打細算

形容計算得十分細緻。

例：公司發展了，還是要精打細算；
凡屬不合理開支，一個錢也不准
花。

反 揮霍無度、鋪張浪費

精益求精

已經好了，要求更好。

例：他做事認真，對技術精益求精，
不到二年，就被提拔成為技術員。

反 因陋就簡

蒼翠欲滴

形容草木等綠油油，仿佛飽含
水分。

例：放眼望去，山坡上的樹木蒼翠欲
滴，迷人極了。

蜻蜓點水

比喻做事不深入。

例：我說到過夏威夷，不過只是蜻蜓
點水，在那兒待了幾小時而已。

近 浮光掠影

裹足不前

形容停步不前進。

例：遇到一點困難，你就裹足不前，
這怎麼能求得學問呢？

近 停滯不前　　**反** 勇往直前

誠惶誠恐

形容十分害怕，非常謹慎。

例：聽說校長要見我，我誠惶誠恐地
走進了校長室。

近 戰戰兢兢　　**反** 若無其事

語重心長

言辭誠懇，情深意長。

例：聽了老師一番語重心長的話，我
們更感到自己應認真讀書。

近 情深意長　　**反** 虛情假意

語無倫次

說話顛三倒四，沒有條理。

例：他回答老師的問題時，太緊張了，
弄得結結巴巴，語無倫次。

近 雜亂無章　　**反** 頭頭是道

誨人不倦

耐心教人，不知疲倦。

例：由於先生教學認真、誨人不倦，
學生們十分敬重他。

近 諄諄告誡

貌合神離

表面上親近，內心疏遠。

例：他們兩個表面上稱兄道弟，實際
上卻是貌合神離，明爭暗鬥。

近 同牀異夢　　**反** 心心相印

賓至如歸

形容受到很好的招待。

例：這家旅館服務周到，凡在這兒住的旅客都有賓至如歸的感覺。

輕舉妄動

不經仔細考慮，隨便地採取行動。

例：警方在沒有弄到證據之前，不敢輕舉妄動，隨便抓人。

近 魯莽滅裂　　反 三思而行

輕歌曼舞

歌舞輕快和諧，優美動人。

例：那天，她在臺上的舞姿，讓人以為是古代少女在輕歌曼舞。

遠走高飛

指擺脫困境，跑到遠方去。

例：這兒不是久留之地，快跟我遠走高飛，到別處去謀生吧。

遠見卓識

遠大的目光，卓越的見解。

例：蘇教授具有遠見卓識，他推薦的學生後來都成了有名的科學家。

近 高瞻遠矚

反 目光如豆、鼠目寸光

飽食終日

整天吃飽飯什麼也不幹。

例：你應該出去找一份職業，坐在家裏飽食終日，不會有什麼出路。

近 無所事事

飽經風霜

形容經過長期艱苦困難的生活。

例：看到我的學習成績那麼優異，父親飽經風霜的臉上露出了笑容。

反 驕生慣養

魂飛魄散

形容驚恐萬狀。

例：妹妹一聽到打雷，就嚇得魂飛魄散，躲進了媽媽的懷裏。

近 魂不附體　　反 神色自若

鳳毛麟角

比喻珍貴而稀有的人或事物。

例：那個地方讀過大學的人很少，到外國留過學的更是鳳毛麟角。

近 稀世之珍

反 車載斗量、俯拾即是

齊心協力

眾人一心，共同努力。

例：這件事雖然難辦，但只要大家齊心協力，就不愁辦不成。

反 各行其是

【十五畫】

價值連城

形容物品極端珍貴。

例：你別小看了這幅古畫，它可是價值連城的呢！

近 無價之寶

反 賤如糞土、不值一文

價廉物美

價錢低，東西好。

例：這件小擺設我是從小攤上買來的，只花了十塊錢，真是價廉物美。

近 貨真價實

噓寒問暖

形容對別人的生活十分關切。

例：祖母關心我在美國的生活，來信總是噓寒問暖，無微不至。

近 關懷備至　　反 漠不關心

墨守成規

死守老的規矩。

例：我們做事應該發揮創造性，不墨守成規，才會有進步。

近 陳陳相因　　反 另闢蹊徑

嬌生慣養

從小就被溺愛、嬌養慣了。

例：這孩子嬌生慣養，什麼事也幹不來。

反 飽經風霜

寬宏大量

形容待人寬厚，度量很大。

例：楊先生待人素來寬宏大量，從不斤斤計較，你不必顧慮太多。

又 寬宏大度　　反 睚眥必報

層出不窮

接連出現，沒有盡頭。

例：那個雜技演員表演，花樣層出不窮，觀眾讚嘆不已。

近 變化多端

廢寢忘食

形容非常專心努力。

例：上次考試失敗後，他便廢寢忘食地溫習，這次考試終於名列前茅。

又 廢寢忘餐

德高望重

品德高尚，聲望很大。

例：張老先生德高望重，大家都很尊敬他。

反 德薄能鮮

憂心如焚

憂愁得心裏像火燒一樣。

例： 看到母親病情惡化，孩子們都憂心如焚。

近 憂心忡忡　　反 高枕無憂

摩肩接踵

形容來往的人多，很擠。

例： 聖誕節期間，這個購物區欣賞燈飾的人成千上萬，摩肩接踵。

又 肩摩踵接

近 比肩繼踵　　反 三三兩兩

撫今追昔

從現在回想到以前。

例： 他和失散多年的妻子團聚時，兩人都老了，撫今追昔，不勝感嘆。

近 回首前塵

撲朔迷離

形容事情複雜，不知底細。

例： 這部電影的情節撲朔迷離，高潮迭起，大家看了都很過癮。

又 迷離撲朔　　近 雌雄莫辨

數典忘祖

比喻忘本或對本國歷史的無知。

例： 我們應該瞭解中國的歷史，否則會鬧出數典忘祖的笑話。

反 飲水思源

暴殄天物

泛指任意糟蹋物品。

例： 糧食是農民辛苦種出來的，我們絕不能暴殄天物，隨意浪費。

暴跳如雷

形容大怒大吼的樣子。

例： 看到自己的汽車被撞壞了，他氣得暴跳如雷。

近 七竅生煙　　反 平心靜氣

樂不思蜀

形容留戀而忘返。

例： 度假村裏風光迷人，我們簡直有點兒樂不思蜀，不想回香港了。

近 流連忘返　　反 歸心似箭

樂此不疲

形容對某事特別愛好而沉浸其中。

例： 他學會游泳後，便樂此不疲，幾乎天天到海邊去玩水。

反 喜新厭舊

樂善好施

形容人心地好，愛做善事。

例： 他樂善好施，經常幫助人，街坊鄰里都很尊敬他。

近 慈悲為懷　　反 一毛不拔

樂極生悲

快樂到了極點，轉而發生悲哀的事。

例：小弟爬樹得意忘形，一失足摔斷了腿，真是樂極生悲。

反 苦盡甘來

潛移默化

指人的思想、習性在不知不覺中受影響而變化。

例：電影會對民眾起到潛移默化的作用。

原 潛移暗化

潔身自好

保持純潔，不同流合污。

例：在這人慾橫流的社會環境中，你要特別注意潔身自好。

近 守身如玉　　反 同流合污

熟能生巧

熟練了，就能找到竅門。

例：她過去有空就學編織，現在是熟能生巧，五天就能織一件毛衣。

近 工多藝熟

熟視無睹

形容對某一事物漫不經心，不予過問。

例：對於破壞公物的現象，我們不應該熟視無睹。

原 熟視不睹　　近 視若無睹

窮兇極惡

極其兇惡。

例：像這樣窮兇極惡、滅絕人性的冷血匪徒，死有餘辜。

窮困潦倒

生活貧困，失意頹喪。

例：他失業後便窮困潦倒，靠借債度日。

又 窮愁潦倒　　反 飛黃騰達

窮途末路

形容極困窘的境況。

例：即使我們身處窮途末路的境況，也不可以喪失求生的意志。

又 末路窮途　　反 前途似錦

窮鄉僻壤

偏僻荒遠的小地方。

例：她十年如一日地在窮鄉僻壤當小學教師，培養出了不少好學生。

反 通都大邑

窮奢極欲

任意揮霍，盡情享樂。

例：這樣窮奢極欲地揮霍，就是再大的家產，也會揮霍完的。

又 窮奢極侈　　反 克勤克儉

節外生枝

喻本來的事情外，又發生新的問題。

例：這件事快解決了，但願不要於節外生枝吧！

原 節上生枝

節衣縮食

衣食節儉的意思。

例：父母節衣縮食，以維持我們兄弟三人的教育費。

近 省吃儉用

反 錦衣玉食、窮奢極侈

緣木求魚

比喻方向或方法不對，勞而無功。

例：在乾旱地區種水稻，無異緣木求魚，自然是勞而無功了。

近 刻舟求劍　　反 按圖索驥

興風作浪

比喻無事生非，挑起事端。

例：你明知他倆不和，卻還從中挑撥，興風作浪，這太不應該了！

又 興波作浪

近 惹事生非　　反 息事寧人

興致勃勃

形容興致很濃。

例：陰曆八月十八那天，我們興致勃勃地到錢塘江邊去觀潮。

近 興高采烈　　反 無精打采

蓬頭垢面

形容面容憔悴、骯髒，生活貧苦。

例：垃圾箱旁，那個蓬頭垢面的乞丐不知在檢拾些什麼？

反 容光煥發、塗脂抹粉

調兵遣將

泛指調配人力。

例：這個廠雖然人手不夠，但廠長善於調兵遣將，把生產安排得很好。

諄諄告誡

懇切耐心地規勸。

例：先生總是諄諄告誡我們，要發奮用功，才能學到本領。

近 循循善誘

談虎色變

比喻一提到可怕的事物，精神就緊張起來。

例：遭遇過那次水災的災民，一提洪水就談虎色變。

談笑風生

形容善於談吐，有吸引力。

例：他一到場，你就可以看見他談笑風生，使在座的人也活躍起來。

反 沉默寡言

適可而止

到了適當的程度就停下來。

例：我們的收入有限，娛樂性的花費
就得適可而止。

⊗ 貪求無饜、得寸進尺、得隴望蜀

適得其反

結果恰恰相反之意。

例：我原想打那隻偷食的貓，結果卻
適得其反，反被貓狠狠抓了一
爪。

⊗ 事與願違

鄭重其事

把事情看得很重大。

例：她鄭重其事地告訴我，她預備找
一份工作做，以補貼家用。

⊗ 輕描淡寫

醉生夢死

像喝醉酒或做夢一樣地生活着。

例：燈紅酒綠，醉生夢死的生活是我
們青年人應該唾棄的。

⊗ 醉死夢生

銷聲匿跡

指隱藏起來，不公開露面。

例：自從他離開政壇之後，便銷聲匿
跡，不再在公眾場合出現了。

⊗ 匿跡銷聲
⊗ 隱姓埋名　　⊗ 招搖過市

鋌而走險

走投無路而冒險。

例：許多做壞事的人都辯稱，是因為
走投無路，才鋌而走險。

鋒芒畢露

為人驕傲，好表現自己。

例：他最大的缺點是不虛心，處處表
現自己，鋒芒畢露。

⊗ 深藏若虛

養尊處優

處於尊貴的地位，過着優裕的
生活。

例：他一向養尊處優，偶爾勞動一下，
就叫苦不迭了。

養精蓄銳

泛指積蓄力量。

例：這個球隊作短期休息，養精蓄銳，
準備再一次的比賽。

鴉雀無聲

形容非常安靜。

例：校長一登上講臺，鬧哄哄的會場
立刻變得鴉雀無聲了。

⊗ 鴉雀無聞
⊗ 萬籟俱寂　　⊗ 人聲鼎沸

【十六畫】

噤若寒蟬

比喻不敢作聲。

例：孩子們從未見過爸爸這麼生氣，一個個噤若寒蟬，不敢作聲。

近 三緘其口

反 喋喋不休、口若懸河

奮不顧身

不顧危險，奮勇直前。

例：消防隊員奮不顧身地再次衝進火海，救出了三歲的孩子。

反 膽小怕死、臨陣退縮

憤世嫉俗

對社會的不合理現象感到憤恨。

例：因為個人遭遇的不幸，有些人憤世嫉俗，有些人玩世不恭。

又 憤世嫉邪

操之過急

辦事過於急躁。

例：此事不可操之過急，得從長計議才是。

反 從長計議、按部就班

曇花一現

比喻美好事物一出現就迅速消逝。

例：歡樂只如曇花一現，過後又是沒有盡頭的痛苦和悲傷。

近 稍縱即逝

橫行霸道

依靠權勢胡作非為。

例：公園是供大眾休憩的地方，絕不允許流氓在此橫行霸道。

近 橫行無忌　　反 含垢忍辱

機不可失

機會不可錯過。

例：美國馬戲團已來此地演出，你想看快去看吧，機不可失啊！

近 時不再來　　反 坐失良機

歷歷在目

清晰地呈現在眼前。

例：回想童年時光，母親在月夜為我們講故事的情景還歷歷在目。

近 記憶猶新

燈蛾撲火

比喻自取滅亡。

例：你要和這種有勢力的人鬥，豈不是燈蛾撲火？

近 自取滅亡

獨當一面

獨自擔當一方面的工作。

例： 經過幾個月的實踐，他已經可以獨當一面地處理業務了。

積重難返

積習太深，難以改變。

例： 社會潮流如此，這積重難返的惡習你一朝一夕能革除得了麼？

近 積羽沉舟

積勞成疾

因過度勞苦而生病。

例： 叔叔由於長期辛苦工作，終於積勞成疾，得了肺病。

舉一反三

從懂得一點類推而知其他事。

例： 我不可能講得面面俱到，重要的是你能舉一反三，觸類旁通。

近 觸類旁通、聞一知十

舉目無親

形容人地生疏。

例： 我們初到此地，舉目無親，多虧他們的幫助，我們才得以安身。

近 人地生疏

舉足輕重

形容一舉一動都關係到全局。

例： 父母的言傳身教，在孩子成長的過程中起着舉足輕重的作用。

反 無足輕重

舉棋不定

比喻拿不定主意。

例： 明天是假期，到底是去公園呢還是去海邊，我至今舉棋不定。

近 猶豫不決　　反 當機立斷

融會貫通

融合貫穿各方面的道理，得到系統透徹的理解。

例： 學習各門課程要融會貫通，達到全面瞭解。

反 生吞活剝、囫圇吞棗

親密無間

形容親密無隔閡。

例： 他和每個同學都能做到親密無間，無話不談。

近 相親相愛　　反 不共戴天

諱莫如深

隱瞞得很緊，恐怕別人知道。

例： 對過去的一段經歷，他一直諱莫如深。

反 直言不諱

諱疾忌醫

比喻掩飾缺點、錯誤，怕人批評。

例：誰能夠不犯過錯？只要不諱疾忌
醫，改過了還是好同學。

近 文過飾非、拒諫飾非

反 聞過則喜

隨心所欲

任憑自己的意願，想要怎樣就
怎樣。

例：你這樣隨心所欲，為所欲為，很
快會走上犯罪道路的。

近 恣意妄為　　反 循規蹈矩

隨遇而安

無論遇到什麼環境，都能適應
並感到滿足。

例：她生性隨和，無論在什麼環境，
都能隨遇而安。

反 格格不入

隨機應變

隨着形勢的變化，靈活應付。

例：他是個網球高手。能針對對手的
特點，隨機應變，取得勝利。

又 臨機應變　　近 相機行事

隨聲附和

形容毫無主見，一味盲從。

例：別人提出意見，我們要仔細考慮，
不要隨聲附和。

近 人云亦云

錦上添花

比喻好上加好。

例：「錦上添花人人有，雪中送炭一
個無」一語道破了世間人情冷
暖。

反 雪中送炭

錦衣玉食

形容奢侈、豪華的生活。

例：這樣的富家小姐，從小錦衣玉
食，享福慣了，如何吃得起苦？

近 鮮衣美食　　反 粗茶淡飯

錯綜複雜

形容頭緒繁多，情況複雜。

例：這些數學公式看去錯綜複雜，但
貫穿其間的數理關係卻很清楚。

近 盤根錯節

頭破血流

形容遭到慘敗或受到嚴重打擊。

例：看你這個倔強的脾氣，非碰得頭
破血流是不肯回頭的。

龍飛鳳舞

多用以形容書法的生動有力。

例：王先生的草書遐邇聞名，說它「龍
飛鳳舞」不算過譽。

近 千姿百態　　反 信筆塗鴉

龍馬精神

比喻精神旺盛。

例：過年時候，人們互相祝賀：「身體健康，龍馬精神！」

近 生龍活虎

龍蛇混雜

比喻好人壞人混在一起。

例：這個地方龍蛇混雜，切不可讓孩子們在外面亂交朋友。

近 良莠不齊、薰蕕同器

【十七畫】

彌天大謊

天大的謊話。

例：我明明好好地在家裏，竟説我被汽車撞了，是誰撒的彌天大謊？

應付自如

形容處事從容，毫不費力。

例：只要做好充分的準備，考試時自然便胸有成竹、應付自如了。

反 應付裕如

應有盡有

形容很齊全。

例：百貨公司裏的商品真是五光十色，應有盡有。

近 包羅萬象　反 殘缺不全

應接不暇

忙得應付不過來。

例：昨天下午，家中相繼來了三批客人，忙得我們應接不暇。

近 手忙腳亂
反 好整以暇、應付裕如

濫竽充數

沒有真實本領的人混在裏面湊數。

例：選拔人才不能降低標準，濫竽充數。

反 真才實學

營私舞弊

謀求私利，玩弄手段違法亂紀。

例：政府推行嚴厲的政策後，營私舞弊的現象較少見了。

近 貪贓枉法　反 奉公守法

矯枉過正

比喻糾正錯誤而超出應有限度。

例：我要你講話謹慎，而你卻成了個啞巴，豈不是矯枉過正嗎？

矯揉造作

形容故意做作，很不自然。

例：演員演戲時，如果矯揉造作，就不會贏得觀眾的好感。

近 裝腔作勢、拿腔做勢

繁文縟節

煩瑣不必要的禮節，也指煩瑣多餘之事。

例：他們倆旅行結婚，免去了舊式婚禮的繁文縟節。

罄竹難書

形容罪行多，寫不完。

例：日本侵略軍過去在中國犯下的罪行，實在是罄竹難書。

近 擢髮難數

聲名狼藉

形容名譽掃地。

例：他因捲入罪案而弄得聲名狼藉，親戚朋友都不願同他往來。

近 臭名昭著、臭名遠揚

反 聲譽卓著

聲色俱厲

說話的聲音和表情十分嚴厲。

例：你這樣聲色俱厲地嚇唬孩子，孩子當然要哭了。

近 疾言厲色　　反 和言悅色

聲淚俱下

形容極為悲慟。

例：講到國仇家恨時，他言辭慷慨，聲淚俱下，在座的人無不為之感動。

近 痛哭流涕

聳人聽聞

使人聽了感到驚異。

例：這家報紙為了增大銷路，經常製造一些聳人聽聞的消息。

膾炙人口

比喻人人都讚美。

例：李白、杜甫的詩作，直至今日依然膾炙人口，百讀不厭。

臨危不懼

遇到危難，一點也不怕。

例：這位青年臨危不懼，從大火中救出了兩個小孩。

又 臨難不懼

反 愴惶失措、臨事而懼

臨渴掘井

喻平日不準備，急時才設法。

例：你平時不溫書，到了考試才着急起來，臨渴掘井，不太遲嗎？

近 臨陣磨槍　　反 未雨綢繆

臨淵羨魚

比喻空想而不去實幹。

例： 希望讀大學，就要用功唸書；所謂臨淵羨魚，不如退而結網。

螳臂當車

比喻自不量力。

例： 當年日本鬼子想併吞中國，那真是螳臂當車，不自量力。

近 以卵擊石、蚍蜉撼樹

反 泰山壓卵

豁然開朗

比喻頓時領悟過來。

例： 經過老師講解，她終於豁然開朗，笑道：「明白了，明白了！」

近 豁然貫通、茅塞頓開

豁達大度

胸襟開闊，寬宏大量。

例： 他一向豁達大度，對那些風言風語，只是一笑置之。

近 胸襟開闊

趨炎附勢

奉承和依附有勢力的人。

例： 直等到他官復原職，這些趨炎附勢的親朋才又紛紛前來賀喜。

原 趨炎附熱　　**又** 趨炎奉勢

鍥而不捨

比喻辦事持之以恆。

例： 他能寫出一手漂亮的毛筆字，是鍥而不捨地苦練的結果。

近 孜孜不倦

隱姓埋名

隱瞞自己的真名實姓。

例： 那些搞偵探工作的人，為了不暴露自己，往往需要隱姓埋名。

近 匿影藏形

隱惡揚善

隱瞞人家的壞處，宣揚人家的好處。

例： 華叔待人寬厚，隱惡揚善是他處世的準則。

近 遏惡揚善、與人為善

【十八畫】

歸根結蒂

歸結到根本性的問題上。

例： 孟子所說的「仁」，歸根結蒂就是天下為公。

又 歸根到底

甕中捉鱉

比喻容易，有把握。

例：警方完成了對匪窟的包圍，就來一個甕中捉鱉，匪徒無一漏網。

近 囊中取物　　反 海底撈針

禮尚往來

禮節上重視有來有往。

例：她送了一枝筆給我，禮尚往來，我就回贈了她一條絲巾。

近 投桃報李

豐功偉績

偉大的功績。

例：岳飛在抗金戰爭中立下的豐功偉績，永垂青史。

豐衣足食

吃穿都很富足。

例：這個地方是個魚米之鄉，老百姓過著豐衣足食的生活。

近 民殷財阜

反 民生凋敝、飢寒交迫

轉危為安

轉危急為平安。

例：司機迅速把着火的油車開離油庫，使油庫轉危為安。

近 化險為夷、轉禍為福

雜亂無章

亂七八糟，沒有條理。

例：這篇文章的毛病在於沒有突出中心，因此顯得雜亂無章。

近 茫無頭緒　　反 有條不紊

鞭長莫及

比喻力量達不到。

例：她希望能親自照顧老人，無奈相隔太遠，鞭長莫及，未能遂願。

額手稱慶

以手加額，表示慶幸。

例：警察拘捕了那幫作惡多端的流氓，街坊們無不額手稱慶。

近 拍手稱快、以手加額

騎虎難下

比喻事到中途迫於形勢而不能中止。

例：他剛開了間舖子，就碰上經濟蕭條，弄得他騎虎難下。

近 欲罷不能

雞犬不寧

形容騷擾得十分厲害。

例：這一帶地方夜間常有劫匪出沒，使得許多座大廈雞犬不寧。

反 雞犬不驚、秋毫無犯

【十九畫】

懷才不遇

有才能而未得施展。

例：他雖然懷才不遇，但心志恬淡，日子過得倒也自在。

近 滄海遺珠

攀龍附鳳

比喻依靠有勢力的人。

例：有些人為了升官發財，就到處攀龍附鳳，投靠有錢有勢的人。

曠日持久

荒廢時日，長久拖延。

例：這個工程之所以曠日持久，主要是建築材料長期缺貨。

櫛比鱗次

像魚鱗、篦齒般密密地排列着。

例：俯瞰山下，只見樓館櫛比鱗次，亭榭棋佈星羅。

又 鱗次櫛比

瓊樓玉宇

傳說中用美玉建造的神仙宮殿。

例：眺望京城雪景，只見一片瓊樓玉宇，令人疑是人間仙境。

反 茅茨土階、土階茅屋

穩如泰山

形容極其穩固，不可動搖。

例：他仗着經驗豐富，又有外資支持，以為事業穩如泰山，萬分得意。

又 安如泰山

近 堅不可摧　　反 搖搖欲墜

鎩羽而歸

比喻出外比賽失敗歸來。

例：號稱「常勝軍」的女排，這次鎩羽而歸，舉國譁然。

難能可貴

不容易做到，而且很可貴。

例：他的雙手殘疾了，卻能寫出那麼好的毛筆字，確實是難能可貴的。

難解難分

不容易分開。

例：舞臺上兩個猛將殺得難解難分，觀眾都被他們的精彩表演吸引住了。

近 糾纏不清

鵬程萬里

比喻遠大的前途。

例：在畢業會上，老師祝我們鵬程萬里，前途無量。

近 錦繡前程

【二十畫】

懸崖峭壁

形容山勢險峻。

例：這座山盡是懸崖峭壁，很難攀登，但我們終於勝利地爬到山頂。

懸崖勒馬

比喻到了危險的邊緣及時醒悟回頭。

例：幸好他能懸崖勒馬，否則後果便不堪設想了。

反 勒馬懸崖

近 回頭是岸　　反 執迷不悟

爐火純青

比喻功夫達到純熟、完美的境界。

例：經過多年苦練，他的演技已到爐火純青的境界。

耀武揚威

炫耀武力，顯示威風。

例：這夥流氓勾結社會上的黑幫勢力，便在屋邨裏面耀武揚威起來。

觸目驚心

形容景象恐怖，令人害怕。

例：案發現場臥着二十多具屍體，教人觸目驚心。

近 怵目驚心

觸景生情

因見到眼前景象而觸發感情。

例：眼前的村屋令我觸景生情，我不由憶起兒時在鄉間的生活情景。

觸類旁通

掌握某一事物的知識或規律，對同類的問題，亦可推類瞭解。

例：學習要靠理解，要能觸類旁通。

近 舉一反三

【二十一畫】

蠢蠢欲動
指壞人準備做壞事。

例：看到停車場的防範不如以前那麼嚴密，偷車賊又蠢蠢欲動了。

躊躇滿志
形容心滿意足，從容自得。

例：他躊躇滿志地告訴我，公司準備提拔他了。

近 沾沾自喜、洋洋得意

躍然紙上
形容刻畫逼真，描寫生動。

例：他收到了母親的來信，信中盼子歸家的迫切心情躍然紙上。

鐵面無私
形容公正無私，不講情面。

例：戲劇裏的包公，是一位鐵面無私，執法嚴正的清官。

近 大公無私　　**反** 徇情枉法

顧此失彼
顧了這個，丟了那個。

例：他又要學會計，打字，又要補習英語，難免要顧此失彼了。

反 兩全其美

顧名思義
看到名稱，就會想到它的含義。

例：琴行街，顧名思義，也知道這條街早年都是開琴行的。

饑不擇食
喻需要迫切，顧不得選擇。

例：迷途的學生，饑不擇食地大口吃着救援人員帶來的乾糧。

近 寒不擇衣、慌不擇路

鶴立雞羣
比喻人的才能或儀表出眾。

例：他生得一表人才，在眾同事中顯得鶴立雞羣，非常引人注目。

近 出類拔萃、卓爾不羣

【二十二畫】

歡欣鼓舞

形容非常欣喜、振奮。

例：一聽說兩國談判終於有了結果，市民莫不歡欣鼓舞。

近 喜不自勝、喜躍抃舞

反 灰心喪氣

歡聲雷動

形容極其熱烈的歡樂氣氛。

例：那位歌星還沒有走到臺前，全場已經歡聲雷動。

響徹雲霄

形容聲音嘹亮，可以透過雲層，直達高空。

例：這兒在開山築路，隆隆的爆破聲響徹雲霄。

聽天由命

聽任事態自然發展，絲毫不作主觀努力。

例：這件事非我們能力所及，只好聽天由命了。

驕兵必敗

驕傲的軍隊必定打敗仗。

例：這次比賽，你們切不可輕視對方，要明白「驕兵必敗」的道理。

反 哀兵必勝

驕奢淫逸

放縱奢侈，荒淫無度。

例：他過着驕奢淫逸的生活，沒有幾年的功夫，就把財產揮霍完了。

近 荒淫無度　　**反** 克勤克儉

【二十三畫】

變本加厲

變得比本來更加厲害。

例：自從父親死後，後母對她的虐待就更變本加厲起來。

變幻莫測

變化又快又多，不可捉摸。

例：春天的天氣變幻莫測，你出門還是多穿一件毛衣的好。

図 變化莫測

近 變化多端　　**反** 一成不變

驚弓之鳥

比喻再受不起驚嚇的人。

例：那些逃兵一聽到突發的槍炮聲，
就像是驚弓之鳥，四處逃竄。

反 傷弓之鳥

近 談虎色變　　反 若無其事

驚心動魄

形容極端驚駭、緊張。

例：在描寫戰爭的影片中，常會出現
一些驚心動魄的血腥場面。

反 動魄驚心　　近 驚天動地

體無完膚

形容遍體鱗傷，也比喻被徹底
駁倒。

例：對方的論點被我校的首辯批駁得
體無完膚。

近 遍體鱗傷　　反 完整無損

體貼入微

形容關懷照顧非常周到。

例：父母對孩子的關懷總是體貼入微，
處處為孩子着想。

近 無微不至

【二十四畫】

靈機一動

形容靈敏機智，很快想出了辦
法。

例：正當大家都感到絕望的時候，他
靈機一動，計上心來。

近 急中生智

【二十六畫】

讚不絕口

連聲稱讚。

例：老師看到同學們設計的環境保護
海報，都讚不絕口。

反 讚口不絕　　近 連聲稱讚

【二十九畫】

鬱鬱寡歡

悶悶不樂的意思。

例：你如此鬱鬱寡歡，會愁出病來的，
還是跟我出去走走吧！

近 悶悶不樂　　反 怡然自樂

成語故事

一枕黃粱

從前有個姓盧的窮書生，在邯鄲道上的一家旅館裏，自歎命乖運滯，一世捱窮。有個姓呂的老道士聽了他的話，就借他一個瓷枕，讓他枕着睡覺。這時店家正煮着小米飯。盧生在夢中娶了嬌妻，當了宰相，享盡榮華富貴。

等到美夢做完，一覺醒來，他看到道士呂翁還坐在自己身邊，店主人鍋裏的小米飯還沒煮熟呢。

後世以「一枕黃粱」（亦說「黃粱美夢」）比喻虛幻的夢想，到頭來只剩下一場空。

一鼓作氣

公元前六八四年，強大的齊國出兵侵犯魯國。魯莊公要出兵迎戰。有一個叫曹劌的，自告奮勇地要求打仗時跟隨魯莊公出征。

齊魯兩國的軍隊戰於長勺。齊國的軍隊首先擂鼓衝鋒，魯莊公想馬上迎擊。曹劌勸他說：「等一下。」一直等到齊軍擂過三次鼓以後，曹劌才說：「可以擂鼓衝鋒了。」魯軍士兵隨着鼓聲奮勇衝殺出去，終於把齊國打得落花流水。

戰鬥結束後，魯莊公問曹劌為什麼這樣做。曹劌回答說：「夫戰，勇氣也。一鼓作氣，再而衰，三而竭。彼竭我盈，故克之。」意思是說，打仗全憑勇氣。第一次擂鼓時，士氣最旺盛；第二次擂鼓時，士氣就差了；第三次擂鼓時，勇氣全消失了。敵軍擂過了三次鼓，我軍才擂第一次。這樣敵軍的勇氣耗盡，而我軍的士氣正飽滿，所以能戰勝敵人。

後世以「一鼓作氣」比喻做事情時，一開始便振奮精神，一氣把它做完。

入木三分

晉朝有個大書法家，名叫王羲之，他字寫得特別好，蒼勁、有力。有一次，他在一塊木板上寫字，寫完後，拿到刻字工人那裏去刻，刻字工人發現，王羲之的字跡，滲入木板有三分深。

後世就以「入木三分」來形容書法筆力強勁，也用來比喻分析問題深刻。

亡羊補牢

從前有個人，養了幾隻羊。一天早上，他發現少了一隻。原來羊圈破了一個洞，半夜裏狼從破洞裏鑽進來，把羊叼走了。街坊勸他說：「快把羊圈修一修，堵上那破洞吧！」他說：「羊已經丟了，還修羊圈幹什麼呢？」

第二天早上，他發現羊又少了一隻。原來狼又從那破洞裏鑽進來，把羊叼走了。

他很後悔不接受街坊的勸告，趕快堵上那個破洞，把羊圈修得結結實實的。從此，他的羊再也沒丟過。

後世以「亡羊補牢」比喻出了問題或蒙受損失之後，想辦法補救，免得以後再受損失。

火中取栗

猴子和貓在一起玩耍。牠們看見爐火中烤着栗子，狡猾的猴子騙貓去偷。貓用爪子從火中取出幾個栗子，火苗燒着貓爪上的毛。貓急忙扔掉栗子去舔爪子。結果，栗子被猴子吃掉了。

後世以「火中取栗」比喻被別人利用去幹冒險的事，而自己得不到好處。

世外桃源

在晉朝的時候，武陵有個漁夫駕着小船出去打魚。船划到桃花林的盡頭，出現一座小山，他仔細一瞧，發現山腳下有個洞，漁夫出於好奇，小心翼翼地走進洞口。往前走了幾十步，呈現出另外一個世界：曠闊的原野，肥沃的田地，整齊的房屋，蔥鬱的桑竹。老人和小孩都無憂無慮，歡樂自得；

一派寧靜、和平、幸福的景象。漁夫又到村民家裏作客，在交談中得知，這些人是在秦朝時，為了逃避戰禍，他們的祖先帶着妻子兒女逃到這洞裏來的。從那時起，就和外界隔絕了。他們世世代代在這裏耕作，春播秋收，不納稅，無徭役，日子過得很好。他們根本不知道秦朝以後有過漢朝，更不知道漢朝以後還經過魏和晉了。

後世以「世外桃源」比喻與塵俗隔絕的理想世界。

自知之明

戰國時期，齊國有一個叫鄒忌的人，長得魁偉漂亮。有一天早晨，他穿好衣服，照照鏡子，問妻子：「我和城北的徐公比，誰長得漂亮？」妻子回答說：「你漂亮，徐公怎麼能比得上你呢！」

徐公是齊國有名的美男子，所以鄒忌並不相信自己能比徐公漂亮。於是，他又問他的小老婆：「你看，我和徐公相比誰美？」小老婆回答說：「徐公怎麼能比得上你美呢！」

之後，來了一位客人，鄒忌又問客人：「我和徐公相比誰美？」客人也回答說：「徐公哪有你美呀！」

第二天，徐公來了，鄒忌盯住徐公仔細地瞅了一陣，又照着鏡子看看自己。覺得自己遠遠不如徐公漂亮。

為這件事，鄒忌反覆地想，本來我不如徐公美，他們為什麼說我比徐公美呢？想來想去，想出了一個道理：妻子說我美，是她偏愛我；小老婆說我美，是她怕我；客人說我美，是他有求於我呀！

後來，有人便稱鄒忌是有「自知之明」的人。

後世以「自知之明」形容瞭解自己的情況，對自己有正確的估計。

名落孫山

宋朝有個名叫孫山的人。他和幾個同鄉一起去投考舉人。孫山考取了，排在最後一名，其他幾個人都沒有考取。他們回到家鄉以後，有人向孫山打聽自己的兒子考取了沒，孫山幽默地說：「解名盡處是孫山，賢郎更落孫山外。」意思是，這次考舉人，榜上最後一名是我孫山，你的兒子還排在我孫山的後面。即是沒有考取。

後世以「名落孫山」比喻投考不中或選拔時未被錄取。

守株待兔

傳說戰國時代，宋國有一個農民，看見一隻兔子撞在樹椿子上死了，他便放下手上的農具，在那裏等侯，希望再得到一隻撞死在樹椿子上的兔子。可是一天過去了，不見有撞死的兔子；兩天過去了，仍然不見有撞死的兔子；十天半月過去了，

依然一無所得，而他的田裏卻長滿了野草，荒廢了。這件事被當成笑料，傳遍了宋國。

後世以「守株待兔」比喻坐享其成，亦指不知變通。

老馬識途

在春秋時代，齊國應燕國的請求，派兵打敗了山戎國的侵犯，接着又打敗了山戎國請來的孤竹國的軍隊。部隊出發時是春天，打仗回來時是冬天，到處是積雪，無法找到回國的道路。這時，跟隨齊桓公出兵打仗的宰相管仲說：「老馬走過的路牠都記得，我們就用老馬帶路吧！」於是讓老馬在前面走，隊伍跟在馬的後面。這樣，轉來轉去，終於找到了回齊國的道路。

後世以「老馬識途」比喻有經驗的人，在工作中熟悉情況，容易做好。

初出茅廬

諸葛亮，字孔明，東漢末年隱居在鄧縣隆中。因為他很有才能，被人稱作「臥龍」。劉備很看重諸葛亮的人才，三次到諸葛亮的茅廬拜訪，請他出

山，當了自己的軍師。

劉備的結義兄弟關羽、張飛對年絕輕輕的諸葛亮很不服氣。劉備説：「你們不知道啊！我有了孔明，就像魚兒得到水一樣！」果然，諸葛亮沒有辜負劉備的期望，在出山之後的第一仗，便在博望坡殲滅曹軍十萬。

諸葛亮第一次指揮打仗就獲得大勝，《三國演義》中有詩讚他：

博望相持用火攻，指揮如意笑談中。

直須驚破曹公膽，初出茅廬第一功。

後世以「初出茅廬」比喻初入社會做事，缺乏歷練。

自相矛盾

古時候有一個人，一手拿着矛，一手拿着盾，在街上叫賣。

他舉起矛，向人誇口説：「我的矛銳利得很，不論什麼盾都戳得穿！」

接着又舉起盾，向人誇口説：「我的盾堅固得很，不論什麼矛都戳不穿它！」

有人問他：「用你的矛戳你的盾，會怎麼樣呢？」他啞口無言，回答不出來了。

後世以「自相矛盾」比喻言行前後互相抵觸。

杞人憂天

春秋時代，杞國有個人，整天害怕天會塌下來，地會陷下去，不知道自己該躲到什麼地方去；竟愁得吃不下飯，睡不着覺。

有個人看杞人這樣憂愁，就去勸説：「天是由氣體聚集而成，任何地方都有氣體。比如，彎腰抬頭，一呼一吸，沒有不接觸氣體的。我們整天在氣體中生活，氣體怎麼會塌下來呢？」杞人又憂慮地説：「地陷下去怎麼辦呢？」那人繼續解釋説，「地不過是由一些土塊聚合而成，沒有一個地方沒有土塊，你成天在地上活動休息，地怎麼會陷下去呢？」杞人聽了這番話才明白過來，再也不憂愁了。

後世以「杞人憂天」比喻不必要的憂愁。

刻舟求劍

從前有個人坐船過江，一不小心，身上掛的寶劍掉進水裏去了。那個人一點兒也不着急，慢騰騰地拿出小刀，在船舷上刻了一個記號。

有人問他：「為什麼不趕快撈？你在船舷上刻個記號有什麼用呀？」

那個人不慌不忙地說：「不用着急。我的寶劍是從這個地方掉下去的。等船到了碼頭，靠了岸，我從刻着記號的地方跳下水去，就能把寶劍撈上來。」

船靠岸了，他按照自己在船上刻好的記號跳下水去找劍。

他不明白，在他的劍掉下水之後，船又在水面上走了好遠，而劍在水底是不會動的，這樣尋找，不是很可笑嗎？

後來，人們用「刻舟求劍」這句成語比喻做事拘泥呆板，不知變通。

夜郎自大

漢朝的時候，中國的西南部有一個王國叫夜郎國。它的國土很小，只有漢朝一個縣的地方那麼大。它出產少，牲畜也不多，可是國王卻很驕傲，自以為他的國家很大，很富裕。

有一次，漢朝的使者到了夜郎國，夜郎國的國王竟不知高低地問：「漢朝和我的國家相比，哪個大？」

後世就以「夜郎自大」這個成語比喻見識少，眼光淺，而又妄自尊大。

拔苗助長

古時候有個人，他巴望自己田裏的禾苗長得快些，天天到田邊去看。可是一天、兩天、三天，禾苗好像一點兒也沒有長高。他在田邊焦急地轉來轉去，自言自語地說：「我得想辦法幫它們長高。」

一天，他終於想出了辦法，就急忙奔到田裏，把禾苗一棵一棵地往上拔高，從早一直忙到太陽落山，弄得筋疲力盡。

他回到家裏，一邊喘氣一邊說：「今天可把我累壞了！力氣總算沒白費，禾苗都長高了一大截兒。」

他的兒子不明白是怎麼回事，第二天跑到田裏一看，禾苗全都枯死了。

後世以「拔苗助長」比喻急於求成，反而把事情弄糟。

杯弓蛇影

有一天，樂廣請朋友在家裏喝酒。樂廣向朋友敬酒，朋友舉杯剛要喝，猛然看見杯子裏有一條蛇在游動，心裏非常害怕。可是又不好不喝，只好勉強喝下去。回到家裏，他就病倒了。

朋友生病了，樂廣親自去看望。樂廣一看，朋友的病真是不輕啊！樂廣問了好幾次生病的原因，他朋友才説出酒裏有蛇的事兒。

這怎麼可能呢？真奇怪！樂廣回到家裏，邊踱着步邊想着這件事，一抬頭，他看見牆上掛着一張弓，恍然大悟。

樂廣馬上派人把老朋友請來，扶着他坐在原來的位置上，斟滿了一大杯酒。

「啊，蛇！」朋友嚇得頭髮都豎了起來，拔腿就跑。

樂廣哈哈大笑起來，拉住朋友，請他抬頭看。那人抬頭一看，牆上掛着一張用彩漆畫的彎弓，杯裏的蛇，就是它的影子。酒在杯裏晃動，影子也像蛇一樣動起來。

「啊，原來這樣！」朋友如釋重負，眉頭舒展開了，病也好了。

後世以「杯弓蛇影」比喻疑神疑鬼，妄自驚擾。

狐假虎威

在茂密的森林裏，有一隻老虎正在尋找食物。一隻狐狸從老虎身邊竄過。老虎撲過去，把狐狸逮住了。

「你是不敢吃掉我的，老天爺派我來管理你們百獸；你吃了我，就是違抗老天爺的命令。我倒要看你有多大的膽子。」

老虎聽了，不大相信。

狐狸又説：「要是你不相信，我帶着你到百獸面前走一趟，讓你看看我的威風。」

狐狸走在前頭，老虎跟在後面，朝森林深處走去。狐狸神氣活現，搖頭擺尾；老虎半信半疑，東張西望。

森林裏大大小小的野獸果然都嚇得撒腿就跑。

兇惡的老虎受騙了。狡猾的狐狸是借着老虎的威風把百獸嚇跑的。

後世以「狐假虎威」比喻依仗別人的威勢去嚇唬人。

臥薪嘗膽

　　春秋末年，吳、越是兩個相鄰的國家，它們為了爭奪霸權而經常打仗。有一次，吳王夫差領兵攻打越國，俘虜了越王勾踐，迫使越國投降。

　　夫差為了稱霸，顯示自己寬宏大量，他決定不殺勾踐，派他在宮裏養馬。夫差出去遊玩，勾踐總是拿着馬鞭子走在馬車的前面。後來，夫差生了一場大病，勾踐細心地服侍他。夫差見勾踐這樣「忠誠」，便放他回國。

　　勾踐回國後一心要報仇雪恥，便立志把國家治理好。為了磨練意志，他每天晚上都睡在柴草堆上，還在住處吊着一隻苦膽，吃飯和睡覺以前，都要嘗一嘗苦膽的味道，問問自己：「你忘記了戰敗的恥辱了嗎？」

　　經過十年的發憤圖強，越國終於由弱變強，打敗了吳國。

　　後來人們就以「臥薪嘗膽」來形容人刻苦磨練、激勵自己。

指鹿為馬

　　秦始皇死後，宦官趙高害死了秦始皇的長子扶蘇，立秦始皇的第二個兒子胡亥做了皇帝，稱秦二世。胡亥做了皇帝以後，趙高當了丞相。

　　趙高還不滿足，想自己做皇帝。他怕大臣們不服，就想先試一試自己的威勢。

　　有一天，他把一頭鹿送給秦二世，並當着大臣們的面，指着鹿說：「這是馬！」秦二世笑了一笑說：「丞相，你弄錯了吧？你把鹿說成馬了。」趙高沒有理睬，又故意高聲問旁邊的人：「這到底是鹿還是馬？」大臣中有的害怕趙高的權勢，明知是鹿，但不敢吱聲；有的故意說是馬，以討好趙高；也有直說是鹿的。說是鹿的，後來都被趙高藉故殺了。

　　後世以「指鹿為馬」比喻故意顛倒是非。

為虎作倀

　　傳說，古時候有一隻老虎正在茂密的森林裏尋找食物，忽然碰見一個人，就一口把他咬死了。老虎把這個人當作鮮美的食物，痛快地吃了一頓，

吃完後還不准許這個人的靈魂離開，一
定要靈魂幫牠再吃一個人。

於是靈魂就領着老虎漫山遍野去
找第二個人。當找到第二個人的時候，
老虎張着大嘴就要去吃。靈魂還走上前
去，幫着老虎把那個人的衣服脫光，讓老虎一點不費事地吃掉他。

人們就把這種幫助老虎吃人的靈魂，叫做「倀鬼」。「為虎作倀」這個
成語就是根據這個故事構成的。

後世以「為虎作倀」比喻做惡人的爪牙，幫助惡人幹壞事。

負荊請罪

藺相如和廉頗是戰國時趙國的文官和武將。藺相如在跟秦國的外交鬥爭
中，為趙國立下了功勞，趙惠王任命他為上卿——上卿是趙國最高的官位，
而且名列老將廉頗之上。

廉頗很不服氣，他對人說：「我是趙國的大將，出生入死，為國家立了
許多戰功，才做了上卿。藺相如只憑三寸不爛之舌，竟然官居我之上。」並
且揚言，以後一定要當面侮辱藺相如一頓。

藺相如聽到這話，就處處忍讓。有一次，藺相如坐車出門，半路上遇到
廉頗的車子，他叫趕車的人趕快回避，免得和廉頗面對面地遇上。藺相如身
邊的人看到這種情形，都說他太膽小了，同是上卿，何必怕廉將軍？藺相如
批評了手下人，說：「秦國不敢侵犯我國，是因為有廉將軍和我在，我們兩
人要是爭鬥起來，敵人就會乘機來進犯我國。我們不能為個人恩怨，而忘掉
國家的安危啊！」

這些話，傳到廉頗的耳朵裏，廉頗很慚愧，於是光着脊背，背着荊杖，
到藺相如府上去請罪。

後世以「負荊請罪」表示主動向對方賠禮認錯。

病入膏肓

春秋時代，秦國有一個著名的醫生叫緩，醫術很高明。

有一年，晉景公生了重病，秦桓公就派緩給他治病。緩還沒到的時候，

晉景公做了一個夢，夢見疾病化作兩個童子，一個說：「緩是個好醫生啊，他這次來，恐怕要傷害我們了，我們往哪裏逃呢？」另一個說：「不要緊！我們躲在肓之上，膏之下，他能拿我們怎麼樣！」

緩來到晉國，趕忙給晉景公看病。

他檢查完病情，對晉景公說：「您這個病已在肓之上，膏之下，用灸的辦法治不了，扎針也達不到，用藥也沒有效力，實在是不能治了！」

晉景公一聽，緩的診斷和自己夢見的情況一模一樣，就相信了緩的話，並稱讚他是個醫術高明的醫生，送給他一份厚禮，派人送他回秦國。

過了不久，晉景公果然病死。

後世就以「病入膏肓」這句成語形容病勢嚴重，無法救治。（古人把心尖脂肪叫做「膏」，心臟和橫隔膜之間叫做「肓」。）

草木皆兵

東晉時代，公元三八三年，北方的前秦王苻堅率領九十萬大軍進攻東晉。東晉大將謝石、謝玄領兵八萬迎敵。苻堅依仗兵多將廣，想一口吞掉晉軍，淮水一仗，秦軍被謝玄派來的五千精兵殺得大敗，竟損失一萬五千人。

前線大敗的戰報傳到壽陽，苻堅大吃一驚，急忙帶着苻融登上城頭瞭望軍情。苻堅見晉軍隊伍嚴整，聲勢浩大，心中更加恐慌。他又向北望去，只見八公山上野草樹木都像人一樣，好似埋伏着千軍萬馬，不由得倒吸一口涼氣。苻堅戰戰兢兢地回頭對苻融說：「這是強敵啊！怎麼說晉兵很少呢？」

後世以「草木皆兵」形容驚慌時疑神疑鬼。

掩耳盜鈴

從前有一個人，看見人家大門上掛着一個鈴鐺，想把它偷來。

他明明知道，那個鈴鐺只要用手一碰，就會叮鈴鈴地響起來，被人發

覺。可是他想：「響聲要耳朵才能聽見，如果把耳朵掩起來，不是就聽不見了嗎？」他就掩住了自己的耳朵，伸手去偷那個鈴鐺。誰知手剛碰到鈴鐺，就被人發覺了。

後世以「掩耳盜鈴」比喻自己欺騙自己。

望梅止渴

三國的時候，魏國的曹操領兵去打仗，走到了一個沒有水的地方，將士們口渴極了，但哪裏也找不到水。眼看要影響行軍、打仗，怎麼辦呢？曹操想出了一個計策。他舉起馬鞭子往前一指，對將士們説：「前面有一片很大的梅林，樹上有很多梅子，又甜又酸，可以解渴。」其實，前邊根本沒有梅林，將士們聽了他的話，想到梅子的酸味，嘴裏都流出了口水，不再感到口渴了。

後來人們以「望梅止渴」這個成語比喻願望無法實現，拿空想來安慰自己。

梁上君子

東漢時有個叫陳實的，他為人公正。有一天有個小偷摸進了陳實的家裏，躲在房梁上。陳實知道了，沒有聲張，他把家裏的孩子們都叫了來，對他們講做人的道理。他説：「無論什麼人，都應該努力向上。有不好行為的人也不是生來就不好，壞習慣是慢慢養成的。我們眼前就有一位梁上君子，他就是慢慢變壞的。」小偷兒聽了這番話很受感動，便從房梁上下來，向陳實叩頭請罪。陳實見他已經知錯，送給他兩匹絹，叫他回家後好好勞動，重新做人，便把他放了。

後世用「梁上君子」作為盜賊的代稱。

莫須有

宋朝名將岳飛，在抗擊金兵的戰鬥中屢建戰功。奸臣秦檜認賊做父，一連下了十二道金牌，把正在乘勝追擊金兵的岳飛，召回都城臨安。秦檜為了投降敵人，竟無中生有，説岳飛陰謀造反，把岳飛和他的兒子岳雲關在監獄裏。大將韓世忠憤憤不平，當面質問秦檜説：「你説岳飛要造反，有什麼根據？」秦檜無恥地回答説：「莫須有（意思是「也許有」）。」後來終於將

岳飛父子殺害在風波亭裏。

後世以「莫須有」形容捏造罪名，冤枉好人。

朝三暮四

春秋時代的宋國，有一個喜歡養猴子的人，人們叫他狙公。

狙公懂得猴子的心思，猴子也明白他說的話。狙公經常用家裏人的口糧餵猴子。不久，家裏窮了，狙公要減少猴子的糧食，但又怕猴子不滿意，就先和猴子商量：

「我早上給你們每個猴子三個橡子，晚上給四個，夠吃了吧？」

猴子一聽牠們的口糧要減少了，一齊都咧嘴齜牙地站了起來，表現出很生氣的樣子。

狙公一看這情形，馬上改口說：「我每天早晨給你們四個橡子，晚上給三個，夠吃了吧？」

猴子聽說早上從三個增加到四個，以為是增加了牠們的口糧呢，就都高興地趴在地上。

「朝三暮四」原比喻聰明人善於使用手段，愚笨的人不善於辨別事理；現在多用來比喻反覆無常。

畫蛇添足

楚國有一戶人家，祭過了祖宗，賞給僕人們一壺酒。僕人們見酒太少，都說：「要是每人嘗一小口，那才沒意思呢，還不如讓一個人喝個痛快。」可是，到底給誰喝呢？有人提議：各人在地上畫一條蛇，誰畫得快畫得像，就把這壺酒給他。

大家都同意這麼辦，都在地上畫起蛇來。有個人畫得很快，一轉眼，就把蛇畫好了。那壺酒就要歸他了。他抬頭一看，別人都沒有畫好，就想：「我給蛇添上四隻腳吧。」他左手拿起酒壺，右手拿根樹枝，給蛇畫起腳來。

這時候，另一個人也把蛇畫好了。他奪過那人手裏的酒壺，說：「蛇是沒有腳的，你幹

嗎要畫上腳呢？第一個畫好蛇的是我，不是你啦！」說罷就仰起頭，把那壺酒喝了。

後世以「畫蛇添足」比喻做多餘的事反而不恰當。

畫龍點睛

南北朝時的梁朝，有個叫張僧繇的人，畫畫很出名。有一次，梁武帝要裝飾佛寺，就叫張僧繇去畫壁畫。

張僧繇在金陵（今南京）安樂寺的牆壁上畫了四條白龍，那龍栩栩如生，活龍活現，可就是沒畫上眼睛。人們都覺得奇怪，就去問張僧繇，他總是回答說：

「不能畫眼睛！點上眼睛馬上就會飛走的。」

大家都認為這是不可能的事，一再請他給龍點眼睛。張僧繇被眾人逼得沒辦法，只好答應了。

張僧繇舉起筆，在兩條龍眼睛的地方輕輕一點。霎時，電閃雷鳴，把牆壁都震破了，兩條白龍騰雲駕霧，直上天空，牆上只剩下兩條沒點眼睛的龍了。

這是一個有趣的傳說故事，後來人們根據故事構成「畫龍點睛」這個成語。

後世以「畫龍點睛」比喻作文、說話用一兩句關鍵的話，使全篇更加精闢有力。

塞翁失馬

從前，在北方的邊境上，住着一個老頭兒。他家丟了一匹馬。鄰居們知道後，都很惋惜，跑來安慰他。老頭兒丟了馬，不但不着急，還高興地對鄰居們說：「沒關係，沒關係。丟了馬也是件好事嘛！」聽的人都有些莫名其妙。

過了一些日子，老頭兒家丟的那匹馬，忽然回來了，還帶回了一匹好馬。鄰居們都來祝賀。老頭兒並不高興，他反而憂慮地說：「平白無故地得了一匹好馬，說不定還會招來一場災禍哪！」

果然，沒過多久，老頭兒的獨生兒子因為學騎那匹好馬，摔斷了腿。鄰居們又紛紛來安慰，老頭兒卻神態自若地說：「孩子摔壞了腿雖然是壞事，說不定還是件好事哩！」

事也湊巧，一年後，邊境上發生了大規模的軍事衝突，這個村子裏的大部分年輕人都被徵召入伍，結果十個有九個死亡，老頭兒的兒子因為腿瘸，不能上戰場，結果保存了性命。

後世以「塞翁失馬」比喻壞事可能變為好事。

葉公好龍

古時候有個叫葉公的，非常喜歡龍。他穿的衣服上繡着龍，戴的帽子上鑲着龍；住的房子也一樣，牆壁上畫着龍，柱子上雕着龍。這些龍張牙舞爪，迴旋盤繞，好像在雲霧裏飛翔。

天上的真龍聽説葉公這樣喜歡龍，就決定拜訪他。一霎時烏雲滾滾，雷電交加，真龍到了葉公家裏，把頭伸進了南窗，尾巴繞到了北窗。

葉公見了真龍，嚇得臉色發白，渾身發抖，抱着腦袋逃跑了。

後世以「葉公好龍」比喻口頭上説愛好某事物，而實際上並不愛好。

逼上梁山

《水滸傳》裏的林沖，綽號豹子頭，是宋朝東京八十萬禁軍教頭。他武藝高強，忠於職守，很想安分守己地當好教官，守着妻兒老小過日子。

有一次，林沖帶着端莊美麗的妻子趕廟會，想不到妻子被一個花花公子調戲。林沖打跑了花花公子，卻得罪了頂頭上司。原來這花花公子就是當朝太尉高俅的兒子高衙內。高俅父子倚仗權勢，對林沖橫加迫害。開始時，林沖一再忍讓，不想觸犯上司和朝廷，可是到最後還是被害得家破人亡。林沖被刺配滄州，看管草料場，高俅派人火燒草料場，企圖殺害林沖。林沖被逼得無地容身，忍無可忍，終於在山神廟殺死仇人陸虞侯等人，雪夜上梁山，投奔農民起義軍，被迫走上了反抗趙宋王朝的道路。

後世以「逼上梁山」比喻被迫進行反抗。

瞎子摸象

很久以前，傳説有個國王，叫大臣牽來一頭象，讓幾個瞎子去摸。

幾個瞎子用手摸了一陣，國王問他們：「你們説説看，大象是什麼樣子？」

摸到大象牙齒的説：「大象像是一根長長的蘿蔔。」

摸到大象耳朵的説：「大象好像一個簸箕。」

「不對。大象就像一隻舂米的石臼，又圓又粗。」摸到大象腳的瞎子説。

摸到大象脊背的瞎子卻説：「大象猶如一張牀，平平坦坦。」

而摸到大象肚皮的瞎子則説：「大象好像一隻大瓦缸。」

「你們説得都不對。大象好像一根繩子，又粗又長。」一個摸到大象尾巴的瞎子説。

幾個瞎子都以為自己説得對，爭論不休。其實，他們誰也沒有説準，因為他們都只接觸到了大象的一部分。

後世以「瞎子摸象」比喻以一點代替全面。

黔驢技窮

貴州本來沒有驢，有人用船從外地運來一頭驢。驢到貴州後，當地人不會使喚，只好把牠放在山下放牧。山裏有一隻老虎，最初看見這個龐然大物，嚇了一跳，急忙躲到樹林裏去觀察動靜。過了一會兒，老虎見驢沒有什麼動靜，便從樹林裏溜出來，在距驢不遠的地方，小心翼翼地瞅了瞅，還是弄不清這是個啥東西。過了幾天，老虎又悄悄地跑來觀察，剛走到驢身旁，忽然驢伸長脖子，大叫一聲，嚇得老虎拚命逃跑，以為驢要來吃牠，非常害怕。可是，老虎經過多次觀察，覺得這個怪東西似乎沒有什麼特殊本領，連叫的聲音也聽習慣了，於是便走近前去碰碰驢的身子，摸摸驢的鼻子，一下子把驢惹火了。驢使勁向老虎踢了一腳，老虎一看，高興極了，覺得驢的本領不過如此，便大吼一聲，猛撲過去，一口把驢咬死了。

後世以「黔驢技窮」比喻有限的一點點本領已使用完了。

濫竽充數

戰國時候，齊宣王喜歡聽吹竽，又喜歡講排場，他手下吹竽的樂隊就有三百人。他常常叫這三百人一齊吹竽給他聽。

有個南郭先生，他本來不會吹竽，看到這個機會，就到齊宣王那裏，請求參加吹竽隊。齊宣王給他很高的待遇，把他編在吹竽隊裏。每逢吹竽，他也鼓着腮幫子，捂着竽眼兒，裝腔作勢，混在樂隊裏充數。他混過了一次又一次，沒有被人發現。

後來，齊宣王死了。齊宣王的兒子齊湣王繼承了王位。齊湣王的脾氣和他父親不一樣，不喜歡聽大家一起吹竽，他叫吹竽的人一個一個地吹給他聽。

南郭先生聽到這個消息，趕緊偷偷地逃走了。

後世以「濫竽充數」比喻沒有真才實學、僅只勉強湊數的人。

鐵杵磨針

唐朝有一位偉大的詩人，名字叫李白。李白小時候在學堂裏唸書，貪玩，怕困難，成績很不好。

有一天，李白偷偷地跑出學堂，一邊走、一邊玩。他走到一條小河邊，看見一位白髮老太太，蹲在石頭旁邊，蘸着河水在磨一根小鐵棒。李白覺得很奇怪。他走到老太太跟前，問：「您磨這根棒做什麼？」

「做針。」老太太回答。

「做針？」李白更奇怪了，鐵棒怎麼能夠磨成針呢？」

老太太滿懷信心地說：「只要不怕困難，堅持下去，鐵棒就能夠磨成針。」

李白聽了老太太的話，明白了一個道理：不論做什麼事情，都要有恆心，都要下苦功夫。他想，唸書也是一樣啊！像自己這樣貪玩、怕困難，還能學到什麼呢？

從此，李白在學堂裏一心一意地唸書，成績慢慢地好起來了，最終成了一位很有學問的人。

後世以「鐵杵磨針」形容只要肯下功夫，便一定能克服困難，取得成績。

驚弓之鳥

更贏是古時候魏國有名的射箭能手。有一天，更贏跟魏王到郊外去打獵。一隻大雁從遠處慢慢地飛來，邊飛邊叫。更贏指着大雁對魏王說：「大王，我不用箭，只要拉一下弓，就能把這隻大雁射下來。」

「是嗎？」魏王以為自己聽錯了，問道：「你有這樣的本事？」

更嬴說：「我可以試一下。」

更嬴並不取箭，他左手拿弓，右手拉弦，只聽「嘣」的一聲響，那隻大雁直往上飛，拍了兩下翅膀，忽然從半空裏直掉下來。

魏王看了，大吃一驚，稱讚更嬴的本事大。

更嬴笑笑說：「不是我的本事大，是因為我知道，這是一隻受過箭傷的鳥。」

魏王更加奇怪了，問：「你怎麼知道的？」

更嬴說：「牠飛得慢，叫的聲音很悲慘。飛得慢，因為牠受過箭傷，傷口沒有癒合，還在作痛；叫得悲慘，因為牠離開同伴，孤單失羣，得不到幫助。牠一聽到弦響，心裏很害怕，就拼命往高處飛。牠一使勁，傷口又裂開了，就掉了下來。」

後世以「驚弓之鳥」比喻受過驚嚇的人見到一點動靜便非常害怕。

鷸蚌相爭，漁人得利

一隻河蚌張開蚌殼，在河灘上曬太陽。有隻鷸鳥，從河蚌身邊走過，就伸嘴去啄河蚌的肉。

河蚌急忙把兩片介殼合上，把鷸嘴緊緊地鉗住。鷸鳥用盡力氣，怎麼也拔不出嘴來。

蚌也脫不了身，也不能回河裏去了。河蚌和鷸鳥就爭吵起來。

鷸鳥說：「今天不下雨，明天也不下雨，你就會乾死！」

河蚌說：「假如我不放你，一天、兩天之後，你的嘴拔不出來，你也別想活！」

河蚌和鷸鳥吵個不停，誰也不讓誰。這時，恰好有個漁翁從那裏經過，就把牠們兩個一齊捉去了。

後世以「鷸蚌相爭，漁人得利」來比喻雙方相爭，而讓第三者得到了好處。

成語練習
請選出下列每題最適當的答案：（選擇題）

練習一

❶ 見（A 義 B 儀 C 異 D 一）思遷

A □ B □ C □ D □

❷ 禮（A 上 B 賞 C 傷 D 尚）往來

A □ B □ C □ D □

❸ 兔死（A 鹿 B 羊 C 狐 D 狼）悲

A □ B □ C □ D □

❹ （A 寞 B 漠 C 莫 D 抹）不關心

A □ B □ C □ D □

❺ 舉（A 旗 B 其 C 齊 D 棋）不定

A □ B □ C □ D □

❻ （A 駭 B 害 C 嚇 D 核）人聽聞

A □ B □ C □ D □

❼ 杯盤（A 狼 B 浪 C 狠 D 痕）藉

A □ B □ C □ D □

❽ 道聽（A 徒 B 圖 C 途 D 唾）說

A □ B □ C □ D □

❾ 疲於奔（A 走 B 命 C 逃 D 跳）

A □ B □ C □ D □

❿ 入不（A 呼 B 敷 C 夫 D 富）出

A □ B □ C □ D □

⓫ 不同凡（A 響 B 想 C 相 D 香）

A □ B □ C □ D □

⓬ 眼花（A 瞭 B 繚 C 了 D 嘹）亂

A □ B □ C □ D □

⓭ （A 憑 B 平 C 苹 D 萍）水相逢

A □ B □ C □ D □

⓮ 甘之如（A 貽 B 怡 C 殆 D 飴）

A □ B □ C □ D □

⓯ 桑（A 魚 B 榆 D 喻 D 與）暮景

A □ B □ C □ D □

練習二

❶ （A禁 B噤 C驚 D警）若寒蟬

A□ B□ C□ D□

❷ 虛與委（A殆 B蛇 C頤 D余）

A□ B□ C□ D□

❸ 病入膏（A黃 B荒 C盲 D肓）

A□ B□ C□ D□

❹ 撲（A朔 B塑 C樹 D沙）迷離

A□ B□ C□ D□

❺ 處心（A焦 B思 C憂 D積）慮

A□ B□ C□ D□

❻ 仰人（A氣 B生 C鼻 D休）息

A□ B□ C□ D□

❼ 大智（A不 B非 C似 D若）愚

A□ B□ C□ D□

❽ 渾水摸（A魚 B蝦 C蟹 D寶）

A□ B□ C□ D□

❾ 負荊請（A安 B罪 C過 D示）

A□ B□ C□ D□

❿ 世態炎（A熱 B炎 C涼 D冷）

A□ B□ C□ D□

⓫ 飛（A紫 B黃 C龍 D鳥）騰達

A□ B□ C□ D□

⓬ （A唾 B伸 C舉 D動）手可得

A□ B□ C□ D□

⓭ 庸人自（A憂 B愁 C擾 D煩）

A□ B□ C□ D□

⓮ （A魚 B一 C接 D成）貫而入

A□ B□ C□ D□

⓯ 荒謬絕（A頂 B對 C然 D倫）

A□ B□ C□ D□

練習三

❶ 形容談話時興致很高，氣氛活躍：A 滿面春風 B 談笑風生 C 眉開眼笑 D 人聲鼎沸

A □ B □ C □ D □

❷ 比喻完全效仿他人：A 拾人牙慧 B 抱殘守缺 C 依樣葫蘆 D 班門弄斧

A □ B □ C □ D □

❸ 形容做事不得其法，反而使災害擴大：A 以卵投石 B 抱薪救火 C 江心補漏 D 因噎廢食

A □ B □ C □ D □

❹ 比喻外表善良，內心狠毒無比：A 人面獸心 B 羊質虎皮 C 心狠手辣 D 表裏不一

A □ B □ C □ D □

❺ 形容人心難以預料：A 人心惶惶 B 人心叵測 C 人云亦云 D 世態炎涼

A □ B □ C □ D □

❻ 受了冤屈，無從昭雪：A 忍氣吞聲 B 強顏為歡 C 含冤莫白 D 死不瞑目

A □ B □ C □ D □

❼ 比喻事情難辦，而且徒勞無功：A 揠苗助長 B 投鼠忌器 C 隔靴搔癢 D 大海撈針

A □ B □ C □ D □

❽ 故意說出危險驚人的話，讓人聽了害怕：A 指桑罵槐 B 向壁虛構 C 人言可畏 D 危言聳聽

A □ B □ C □ D □

❾ 用自己的心去度量別人的心：A 推心置腹 B 心心相印 C 以己度人 D 推己及人

A □ B □ C □ D □

❿ 自己認為自己的行為很對：A 自以為是 B 自不量力 C 自命不凡 D 自作自受

A □ B □ C □ D □

練習四

❶ 事情已到了非常緊急的關頭：A 臨渴掘井 B 噬臍莫及 C 迫在眉睫 D 摧枯拉朽

A □ B □ C □ D □

❷ 遇到不利的環境極力忍耐，不反抗：A 逆來順受 B 處之泰然 C 自怨自艾 D 憂心如焚

A □ B □ C □ D □

❸ 形容數量極少的珍貴物品或人才：A 蛛絲馬跡 B 守株待兔 C 虎頭蛇尾 D 鳳毛麟角

A □ B □ C □ D □

❹ 比喻人地位重要，其進退對事情的關係亦很重大：A 老馬識途 B 舉足輕重 C 中流砥柱 D 亦步亦趨

A □ B □ C □ D □

❺ 形容事情好笑到使人忍耐不住：A 目瞪口呆 B 令人噴飯 C 笑裏藏刀 D 付之一笑

A □ B □ C □ D □

❻ 事情有顧忌，想說又不願說：A 半吞半吐 B 半推半就 C 不離不即 D 唯唯諾諾

A □ B □ C □ D □

❼ 形容取用不完，極其豐富：A 罄竹難書 B 用之不竭 C 滄海桑田 D 一望無垠

A □ B □ C □ D □

❽ 形容親身處於某種境地：A 芒刺在背 B 臨深履薄 C 身臨其境 D 臨淵羨魚

A □ B □ C □ D □

❾ 形容遇到問題，毫無辦法：A 不可救藥 B 束手無策 C 張皇失措 D 紙上談兵

A □ B □ C □ D □

❿ 形容自己沒有主見，老是隨聲附和別人：A 人言可畏 B 人云亦云 C 人微言輕 D 人人自危

A □ B □ C □ D □

練習五

❶ 比喻後輩比前輩的成就更為超卓：A 初生之犢 B 略勝一籌 C 有志竟成 D 青出於藍

A □ B □ C □ D □

❷ 形容恭敬聆聽：A 洗耳恭聽 B 耳提面命 C 言聽計從 D 全神貫注

A □ B □ C □ D □

❸ 形容突然想出了其中的道理：A 見異思遷 B 融會貫通 C 恍然大悟 D 耳目一新

A □ B □ C □ D □

❹ 形容平息紛爭，使大家安靜：A 息事寧人 B 平心靜氣 C 相安無事 D 平易近人

A □ B □ C □ D □

❺ 比喻空談而不能解決實際問題：A 信口開河 B 語無倫次 C 紙上談兵 D 誇誇其談

A □ B □ C □ D □

❻ 比喻做事如意而順利：A 唾手可得 B 得心應手 C 易如反掌 D 水到渠成

A □ B □ C □ D □

❼ 比喻人欠債很多：A 債臺高築 B 左支右絀 C 入不敷出 D 捉襟見肘

A □ B □ C □ D □

❽ 形容心中萬分焦急，有如被火燒灼一般：A 心煩意亂 B 人心惶惶 C 五內如焚 D 六神無主

A □ B □ C □ D □

❾ 形容做作而不自然的狀態：A 搖頭晃腦 B 道貌岸然 C 東施效顰 D 矯揉造作

A □ B □ C □ D □

❿ 形容人說話荒誕，如夢囈一般：A 癡人說夢 B 南柯一夢 C 彌天大謊 D 夢寐以求

A □ B □ C □ D □

練習六

❶ 比喻人在天地間，極其渺小：
A 汗牛充棟 B 恆河沙數 C 滄
海一粟 D 井底之蛙

A □ B □ C □ D □

❷ 形容徒有虛名，實際與名聲
不一致：A 名噪一時 B 名存
實亡 C 名不虛傳 D 名不副實

A □ B □ C □ D □

❸ 形容態度傲慢的樣子：A 高
不可攀 B 高抬貴手 C 高視闊
步 D 高談闊論

A □ B □ C □ D □

❹ 形容沒有可被人攻擊或挑剔
的地方：A 無微不至 B 自圓
其說 C 無孔不入 D 無懈可擊

A □ B □ C □ D □

❺ 自以為與眾不同，目中無人：
A 自命不凡 B 自鳴得意 C 妄
自菲薄 D 放蕩不羈

A □ B □ C □ D □

❻ 只顧自己利益，把別人利用
完了就一腳踢開：A 殺雞取
卵 B 過河拆橋 C 兔死狐悲 D
亡羊補牢

A □ B □ C □ D □

❼ 比喻固執而拘泥不變：A 守
株待兔 B 夜郎自大 C 削足適
履 D 堅如磐石

A □ B □ C □ D □

❽ 自覺不如別人而慚愧：A 自
怨自艾 B 畏首畏尾 C 甘拜下
風 D 自慚形穢

A □ B □ C □ D □

❾ 事情已過去，不再追究查辦
了：A 既往不咎 B 事過境遷
C 明日黃花 D 聽之任之

A □ B □ C □ D □

❿ 因過分羞窘而發怒：A 怒髮
衝冠 B 勃然大怒 C 老羞成怒
D 怒不可遏

A □ B □ C □ D □

練習七

❶（萬人空巷）是指：A 大難來臨，紛紛走避 B 地勢遼闊 C 城市羣眾聚集的盛況

A □ B □ C □

❷（天真爛漫）是形容：A 純真而不矯揉造作 B 不成熟的樣子 C 輕佻浮誇的樣子

A □ B □ C □

❸（無所適從）是指：A 不知聽哪一個好 B 無法適應新的情況 C 沒有必要去迎合別人

A □ B □ C □

❹（同歸於盡）形容：A 一起行動 B 一起死亡或共同毀滅 C 每一個人最後都要走向死亡

A □ B □ C □

❺（推波助瀾）形容：A 在旁添油加醋，使事態更嚴重 B 助人一臂之力 C 海水洶湧壯闊的景象

A □ B □ C □

❻（魚目混珠）比喻：A 讓壞人得逞，好人受屈 B 以假亂真 C 因小失大

A □ B □ C □

❼（水滴石穿）比喻：A 漏洞百出 B 十分罕見的景致 C 只要堅持不懈，小可勝大，柔可克剛

A □ B □ C □

❽（口碑載道）形容：A 表面上稱讚，心裏不服氣 B 到處受到人們稱讚 C 嘴巴是用來傳述真理的

A □ B □ C □

❾（天涯海角）比喻：A 極遙遠的地方 B 海闊天空 C 地勢遼闊的地方

A □ B □ C □

❿（虛與委蛇）是指：A 對人假意敷衍應酬 B 比喻人做事狡猾，虛假就像蛇一般 C 以靜制動

A □ B □ C □

練習八

❶（魂飛魄散）形容：A 極其驚恐的狀態 B 人受到創傷的慘痛 C 臨死之前的預兆

A □ B □ C □

❷（有條不紊）是指：A 做事有分寸，不違反常理 B 做事有條理有步驟 C 若把握方針就不會紊亂

A □ B □ C □

❸（進退維谷）是指：A 進退得體 B 虛懷若谷 C 進退兩難

A □ B □ C □

❹（長袖善舞）表示：A 舞姿美妙的狀態 B 在社交上善於應付 C 放長線釣大魚

A □ B □ C □

❺（一貧如洗）形容：A 貧富如流水，不必刻意追求 B 非常貧窮 C 雖然貧窮，仍能保持清白

A □ B □ C □

❻（門庭若市）形容：A 來訪者很多，非常熱鬧 B 居住環境差，聲音嘈雜 C 家境富裕，門庭高大

A □ B □ C □

❼（恆河沙數）表示：A 數量多得難以計算 B 做事要有恆心，方能聚沙成塔 C 關係十分密切

A □ B □ C □

❽（面面相覷）形容：A 面面相對，眉目傳情 B 指陌生人相見，互相打量對方 C 吃驚地相互對視

A □ B □ C □

❾（寸草不留）比喻：A 斬盡殺絕 B 土地貧瘠 C 人過於貪婪，利益獨吞

A □ B □ C □

❿（土崩瓦解）形容：A 大災難 B 基礎不穩 C 局勢垮得不可收拾

A □ B □ C □

練習九

❶（噬臍莫及）是指：A 後悔已
來不及 B 心中所嗜好的東西
無法享受得到 C 鞭長莫及

A □ B □ C □

❷（未雨綢繆）是指：A 天將下
雨時，把外面的絲綢收回來
B 事先做準備 C 杞人憂天

A □ B □ C □

❸（瑕瑜互見）表示：A 截長補
短 B 既有優點也有缺點 C 雙
方互相揭瘡疤

A □ B □ C □

❹（衣不解帶）形容：A 十分忙
碌的狀態 B 天氣寒冷，衣服
不敢脫 C 年紀尚小，不會料
理自己

A □ B □ C □

❺（亦步亦趨）形容：A 時走時
跑 B 處處模仿他人 C 感情親
密的樣子

A □ B □ C □

❻（色厲內荏）形容：A 外弛內
張 B 面善心惡 C 外貌嚴厲，
內心怯懦

A □ B □ C □

❼（登峯造極）形容：A 登泰山
而小天下 B 要成功必定歷盡
艱難 C 造詣極深，已到最高
境界

A □ B □ C □

❽（行將就木）是指：A 走累了，
靠着樹木休息 B 人的死期已
近 C 壽命十分短促

A □ B □ C □

❾（破釜沉舟）比喻：A 情勢緊
急 B 不論成敗與否傾全力去
做 C 浪子敗家，一物不剩

A □ B □ C □

❿（揮金如土）是指：A 譏人愚
笨無知，以金作土 B 揮霍財
產，毫不愛惜 C 安貧樂道

A □ B □ C □

練習十

❶ （正中下懷）表示：A 正好打中胸 B 落入他人圈套 C 恰好符合自己的心意

A □ B □ C □

❷ （無懈可擊）形容：A 被人一舉擊破 B 沒有弱點可予人攻擊 C 不可趁人之危進行攻擊

A □ B □ C □

❸ （充耳不聞）比喻：A 耳朵被東西塞住就聽不到了 B 傲慢而自以為是 C 拒絕聽取別人意見

A □ B □ C □

❹ （朝三暮四）比喻：A 主意不定，反覆無常 B 多嘴多舌 C 辛勤工作，日夜不停

A □ B □ C □

❺ （雪中送炭）比喻：A 救人於危困之中 B 錦上添花 C 有心救人，無奈力量單薄

A □ B □ C □

❻ （方興未艾）形容：A 趣味盎然 B 正想振作之時突遭意外 C 正蓬勃發展，還沒有衰退

A □ B □ C □

❼ （東山再起）比喻：A 失敗後捲土重來 B 再一次征服大自然 C 人定勝天

A □ B □ C □

❽ （拾人牙慧）諷刺：A 襲用別人的言論 B 你丟我撿 C 見有智慧的人就去模仿

A □ B □ C □

❾ （迎刃而解）比喻：A 命中要害 B 事情解決得十分容易 C 愈危險的地方愈安全

A □ B □ C □

❿ （抱殘守缺）形容：A 不肯把破舊的東西丟掉 B 對殘疾人士十分愛護 C 不接受新事物

A □ B □ C □

練習十一

❶（剛愎自用）是指：A 固執己見，自以為是 B 剛強獨立，自謀生路 C 自私自利，把利益歸自己

A □ B □ C □

❷（水到渠成）比喻：A 萬事俱備，只欠東風 B 一切順其自然，到時自會成功 C 水源充沛的狀態

A □ B □ C □

❸（文過飾非）表示：A 論點太偏激 B 明知犯錯誤，偏為自己掩飾 C 故作鎮靜，以掩飾自己的失態

A □ B □ C □

❹（置若罔聞）是指：A 說了好像白說 B 對別人的話不加理睬，當作沒聽見 C 態度懶散，不關心

A □ B □ C □

❺（集思廣益）表示：A 集中多人意見，便得更多益處 B 思想集中可解決問題 C 意見一致好處多

A □ B □ C □

❻（退避三舍）是指：A 能忍一時之氣，必大有作為 B 功成身退 C 不願與對方相抗，有意避讓

A □ B □ C □

❼（如數家珍）形容：A 誇耀自己家世好 B 如此多的奇珍異寶 C 敍述某事極為熟悉

A □ B □ C □

❽（一見如故）表示：A 初次見面，就像老朋友一樣 B 比喻人平安無事 C 似乎有些相識

A □ B □ C □

❾（忘年之交）是指：A 交朋友不必顧忌對方的年齡 B 多年的老友 C 年輩不相當而結交為友

A □ B □ C □

❿（失之交臂）形容：A 打架打斷了手臂 B 當面錯過良機 C 失去了手挽手的機會

A □ B □ C □

根據下列每句的意思，填寫適當的成語：（填充題）

練習十二

❶ 技術好到神妙的地步：□神□化。

❷ 在忙碌中抽出時間逍遙一下：忙□偷□。

❸ 比喻看不清楚：□□看花。

❹ 比喻捕捉的對象已在掌握之中：甕中□□。

❺ 事情快成功時，不料完全失敗：功□□成。

❻ 學識與相貌俱佳：才貌□□。

❼ 形容人工作辛苦，功勞至大：□苦□高。

❽ 形容人良心喪失殆盡，極其狠毒：□盡□良。

❾ 形容人聲高揚、嘈雜：人聲□□。

❿ 許多人聚集的公共場合：□庭廣□。

⓫ 低聲交談：□□私語。

⓬ 比喻事情非常容易辦成：易如□□。

⓭ 左右看望：左□右□。

⓮ 所希望的事，完全達到：如願□□。

⓯ 數量甚少，屈指可數：□□無幾。

⓰ 在道義上不該推辭的事：□不□辭。

練習十三

❶ 比喻人心地善良，樂於幫助窮人：樂□好□。

❷ 比喻事物的新舊交替：新□代□。

❸ 比喻人生命垂危，只餘一絲氣息：□□一息。

❹ 比喻深歷世情而極其奸猾的人：□奸□猾。

❺ 比喻採取有害辦法救急：飲□止□。

❻ 比喻徹底悔改：□□革面。

❼ 形容技藝非常精巧：鬼斧□□。

❽ 對人假意敷衍應酬：虛與□□。

❾ 沒有一點消息：□□音信

❿ 形容過分地斟酌字句：□文□字。

⓫ 穿戴得十分整齊、漂亮：衣冠□□。

⓬ 形容老毛病又犯了：□□復萌。

⓭ 順着事物發展的趨勢加以引導：因勢□□。

⓮ 好名譽永遠留傳於後代：□□百世。

⓯ 人世上再沒有比這更慘痛的事了：慘絕□□。

⓰ 比喻利害關係十分密切：脣齒□□。

練習十四

❶ 張教授在這所大學裏教了三十年的書，德高□□，大家都十分敬重他。

❷ 小王大談他做詩如何好，卻不知在座就有位名詩人，真是班門弄斧，貽笑□□。

❸ 你如果想做個傑出的運動員，這種□□十寒的訓練方法，絕對不會有成效的。

❹ 大明一發現自己的錯誤，就勇於改過，絕不□□忌醫，得到了先生的誇獎。

❺ 我們的志向必須遠大，但切不可把理想建於海市□□之上。

❻ 劉芳芳學習勤奮，門門功課都是優等，我和她相比，真是望塵□□。

❼ 昨晚看的那場電影，風趣而不低級，確實是一部□□共賞的好片子。

❽ 黃先生自以為他不修□□的作風很瀟灑，其實大家都看不慣他。

❾ 朋友有危難時，我們應盡力幫助他，絕不可以□□下石。

❿ 父親和母親含辛□□地把我們兄弟幾個養大成人，我們決不應該做對不起父母的事。

⓫ 他讀了幾本閒書，就自以為滿腹□□，這種自高自大的作風，真是可笑。

⓬ 昨晚那場大火，使雷先生的辛苦所得都付之一炬，難怪他要痛不□□了。

⓭ 我看到那位老婆婆提着重物，□□之心油然而生，連忙跑上去幫她的忙。

⓮ 小林上課打瞌睡，先生叫他起來回答問題，他只好語無□□地亂説一通了。

⓯ 我每天中午都小睡片刻，以便養精□□，好應付下午繁重的工作。

⓰ 經理戒了煙，結果上行□□，他手下的職員上班都不抽煙了。

練習十五

❶ 像白天鬧鬼這種離奇的事，在二十世紀的今天，實在太荒誕□□了。

❷ 我看到這家公司徵人的啓事，就□□自薦，沒想到竟被錄用了。

❸ □□附勢，迷信權力，這是極不良的社會風氣，應該堅決加以抵制。

❹ 做事情要懂得□□應變，若是一味墨守成規就不易成功了。

❺ 這次考試範圍太廣，真是無從準備，我只好孤注□□，全力攻讀英文一科了。

❻ 關於這件事的□□去脈，請你詳詳細細地告訴我，不要有半點隱瞞。

❼ 他倆□□為奸，幹起了偷竊勾當，如今被關進了監獄，也是罪有應得。

❽ 表哥認為拾金不昧是件不足□□的份內事，婉言拒絕了失主的餽贈。

❾ 自從梁伯伯病勢加重後，梁伯母始終衣不□□，把他照顧得無微不至。

❿ 阿亮的學習成績不理想，但他不灰心，廢寢□□地用功，終於在考試時獲得了優異成績。

⓫ 對於祖先艱苦奮鬥，改造大自然的光輝業績，我們應加以發揚□□。

⓬ 老師再三告誡我們，上課不可以交頭□□，以免影響別人聽課。

⓭ 小妹與同學去郊遊，直到深夜還未返家，害得父母□□如焚，坐立不安。

⓮ 人與人相交往，只有開誠□□，才能獲得真摯的友誼。

⓯ 這塊石頭光怪□□，樣子十分奇特，用來作盆景假山可不錯。

⓰ 這幾本雜誌我只是匆匆翻閱過，浮光□□，印象不深。

成語練習答案

練習一

❶ C **❷** D **❸** C **❹** B
❺ D **❻** A **❼** A **❽** C
❾ B **❿** B **⓫** A **⓬** B
⓭ D **⓮** D **⓯** B

練習二

❶ B **❷** B **❸** D **❹** A
❺ D **❻** C **❼** D **❽** A
❾ B **❿** C **⓫** B **⓬** A
⓭ C **⓮** A **⓯** D

練習三

❶ B **❷** C **❸** B **❹** A
❺ B **❻** C **❼** D **❽** D
❾ C **❿** A

練習四

❶ C **❷** A **❸** D **❹** B
❺ B **❻** A **❼** B **❽** C
❾ B **❿** B

練習五

❶ D **❷** A **❸** C **❹** A
❺ C **❻** B **❼** A **❽** C
❾ D **❿** A

練習六

❶ C **❷** D **❸** C **❹** D
❺ A **❻** B **❼** A **❽** D
❾ A **❿** C

練習七

❶ C **❷** A **❸** A **❹** B
❺ A **❻** B **❼** C **❽** B
❾ A **❿** A

練習八

❶ A **❷** B **❸** C **❹** B
❺ B **❻** A **❼** A **❽** C
❾ A **❿** C

練習九

❶ A **❷** B **❸** B **❹** A
❺ B **❻** C **❼** C **❽** B
❾ B **❿** B

練習十

❶ C **❷** B **❸** C **❹** A
❺ A **❻** C **❼** A **❽** A
❾ B **❿** C

練習十一

❶ A **❷** B **❸** B **❹** B
❺ A **❻** C **❼** C **❽** A
❾ C **❿** B

練習十二

❶ 出神入化
❷ 忙裏偷閒
❸ 霧裏看花
❹ 甕中捉鱉
❺ 功敗垂成
❻ 才貌雙全
❼ 勞苦功高
❽ 喪盡天良
❾ 人聲鼎沸
❿ 大庭廣眾
⓫ 竊竊私語
⓬ 易如反掌
⓭ 左顧右盼
⓮ 如願以償
⓯ 寥寥無幾
⓰ 義不容辭

練習十三

❶ 樂善好施
❷ 新陳代謝
❸ 奄奄一息
❹ 老奸巨猾
❺ 飲鴆止渴
❻ 洗心革面
❼ 鬼斧神工
❽ 虛與委蛇
❾ 杳無音信
❿ 咬文嚼字
⓫ 衣冠楚楚
⓬ 故態復萌
⓭ 因勢利導
⓮ 流芳百世
⓯ 慘絕人寰
⓰ 脣齒相依

練習十四

❶ 德高望重
❷ 貽笑大方
❸ 一曝十寒
❹ 諱疾忌醫
❺ 海市蜃樓
❻ 望塵莫及
❼ 雅俗共賞
❽ 不修邊幅
❾ 落井下石
❿ 含辛茹苦
⓫ 滿腹經綸
⓬ 痛不欲生
⓭ 惻隱之心
⓮ 語無倫次
⓯ 養精蓄銳
⓰ 上行下效

練習十五

❶ 荒誕無稽
❷ 毛遂自薦
❸ 趨炎附勢
❹ 隨機應變
❺ 孤注一擲
❻ 來龍去脈
❼ 狼狽為奸
❽ 不足掛齒
❾ 衣不解帶
❿ 廢寢忘食
⓫ 發揚光大
⓬ 交頭接耳
⓭ 憂心如焚
⓮ 開誠佈公
⓯ 光怪陸離
⓰ 浮光掠影

新編學生成語手冊（修訂本）

編著
馬立群

校訂
莊澤義

編輯
喬健

封面設計
任霜兒

版面設計
萬里機構製作部

出版者
萬里機構‧明華出版公司出版
香港鰂魚涌英皇道1065號東達中心1305室
電話：2564 7511　傳真：2565 5539
網址：http://www.wanlibk.com

發行者
香港聯合書刊物流有限公司
香港新界大埔汀麗路36號中華商務印刷大廈3字樓
電話：2150 2100　傳真：2407 3062
電郵：info@suplogistics.com.hk

承印者
美雅印刷製本有限公司

出版日期
二〇一三年六月第一次印刷
二〇一七年九月第八次印刷

萬里機構

萬里 Facebook